우리는 피난처에 잘 있습니다

이천우 장편소설

잘 있습니다

우리는파괴됐지만

이천우 장편소설

봄

차례

이 강기슭을 보면 언제나 수수께끼가 떠올라.
풀이 물에게 말해. 우리는 흔들릴 거야, 흔들릴 거야.

—레프 니콜라예비치 톨스토이 『안나 카레니나』 중에서

8월 19일 아침, 진태는 옷방에서 와이셔츠를 꺼내 입다가 "악!" 소리를 내며 주저앉고 말았다. 왼쪽 손목을 감싸고 있는 깁스 때문이었다. 수술하고 이틀이 지났는데 아직 부기도 여전했고, 조금만 잘못 건드리면 손이 잘려나갈 것처럼 통증이 몰려왔다.

그 자식 돌팔이 아니야?

진태는 퍼뜩 그 의사 놈을 떠올렸다. 물론 생트집이었다. 수술을 깔끔하게 끝낸 뒤에 놈은 분명히 말했었다. 좀 부을 겁니다, 며칠 아플 겁니다. 하지만 예로부터 의술은 인술(仁術)이라 하지 않았는가. 미세수술이 전문이라던 그놈의 태도엔 확실히 문제가 있었다.

"어쩌다 다치신 겁니까?"

처음에 의사가 물었을 때 진태는 답하기가 껄끄러웠다.

"그게 그러니까……."

광복절 오후에 그는 아내와 언쟁을 벌였고, 아내의 조리 있는 대꾸에 한순간 말문이 막히자 홧김에 벽을 쳤던 것이다.

"기분이 살짝 안 좋은 일이 있었거든요. 그래서 주먹으로 벽을……."

그러자 의사는 어련했겠냐는 듯 끄덕대며 이렇게 말했다.

"장한 일 하셨네요."

비꼬는 말투였다. 술김에 싸움질이라도 한 줄 아는 모양이었다. 진태는 의사의 태도가 마음에 안 들었지만 그래도 부부 싸움보다는 차라리 싸움질이 남자다운 것 같아서 그냥 꾹 참았다.

그 마음을 아는지 모르는지 의사가 또 이렇게 말했다.

"대부분의 주먹질은 중수골이 부러지기 마련인데, 환자분의 경우는 손목뼈가 골절됐어요. 좀 어설프게 치셨나 봐요?"

지금 뭐 하자는 거지? 진태가 눈을 부릅떴다. 콧구멍이 커지며 숨이 거칠게 들락거렸다.

의사는 진태가 그러는 걸 빤히 보고도 또박또박 말했다.

"일부러 그런 겁니다. 다음부턴 절대, 그러지 마시라고."

빌어먹을 권위의식. 나이도 엇비슷해 보이는데 내가 무슨 지 아랫사람인 것처럼. 진태는 와이셔츠 소매 안으로 왼팔을 조심조심 밀어 넣으며 그날의 분노를 되살려냈다. "당신 그렇게 사는 거 아니야!" 시원하게 한마디 쏘아붙이고 다른 병원

8

으로 가는 모습을 상상했다. 잠깐 기분이 좋다가 이내 맥이 빠졌다.

그날 진태는 기꺼이 권위에 복종했다. 역시 그런 뜻이었던 거군요, 하는 투로 고개를 주억대며 심지어 미소까지 지어 보였다. 물론 변명거리는 있었다. 그곳은 그가 세 번째로 찾아간 병원이었고 부분마취 수술을 제안한 유일한 곳이기 때문이었다. 처음에 갔던 대학병원에선 전신마취는 물론이고, 손목 조직을 싹 다 열고 수술을 해야 한다면서 수련의들의 생체 실습 교재 취급을 하려고 했었다. 개자식들.

진태가 출근 준비를 마치고 거실로 나왔다. 그리고 곧바로 인상을 찡그렸다. 이번엔 아내 때문이었다.

아내는 텔레비전 앞에 무릎을 꿇고 앉아 있었다. 작게 코를 훌쩍이는 소리가 들렸고, 화면에선 칠레의 산호세 광산 붕괴 뉴스가 흘러나오고 있었다. 광산이 매몰된 지 2주가 지났다, 땅속에 갇힌 광부들의 생존 여부는 아직 알 수 없다, 전 세계 사람들이 안타까움을 전하고 있다, 그런 소식들이었다.

안된 일이긴 하지만 저게 눈물까지 글썽일 일인가? 그것도 남의 나라에서 터진 사고로? 아내는 그에게 보이려고 부러 감정을 이입하고 있는 것이 틀림없었다. '보고 있나요? 당신 때문에 내가 이렇게 고통받고 있다고요!'

진태는 아내를 외면하며 부엌 쪽으로 고개를 돌렸다. 식탁 위에 그의 아침이 차려져 있었다. 하! 헛웃음이 나왔다. 지난 밤의 대화들을 다 뭐라고 생각하는 걸까? 적당히 넘기면 아무 일도 아닌 게 돼버릴 거다, 그런 건가? 왠지 무시당하고 있다는 기분마저 들었다.

진태는 아내에게 들리지 않도록 작고 길게 한숨을 내쉬었다. 그리고 조용히 현관으로 향했다. 그때 아내가 텔레비전 화면에 시선을 둔 채로 나직하게 말했다.

"당신 말이 맞아요……. 우리 이혼해요."

회사에 나와서도 일이 손에 잡히지 않았다. 계속해서 볼펜을 딸깍거렸고, 깁스의 압박붕대를 풀었다가 다시 감고 또 풀었다가 다시 감았다. 어수선한 회사 상황 때문만은 아니었다. 역시 아내 때문이었다.

진태가 이혼을 결심한 것은 지난봄이었다. 매사 올곧기만 한 아내에게 진저리가 난 것이었다. 결혼하고 6년 4개월 만이었다. 하지만 그는 그 얘기를 냉큼 꺼내놓지 않았다. 합리적인 의사 결정을 위해서는 좀 더 확실한 근거가 필요했다. 그는 통계학 전공자답게 두 번 세 번 그들의 결혼생활에 드러난 표본들을 꼼꼼히 분석했다. 애정, 추억, 도의, 책임, 권태 등의 심리적 요소들을 객관화하는 데 제법 시간이 걸렸고, 수개월의 고심 끝에 역시나 같은 결론에 도달했다. 그러고 나서 아내에게 그 사실을 알렸다. 그게 약 2주 전의 일이었다.

아내는 이해할 수도 받아들일 수도 없다는 입장을 고수했지만 진태도 물러서지 않았다. 이때까지 충분히 지고 살았기 때문에 이번만큼은 져줄 마음이 없었다. 아내는 차분하고 단단한 논리 전개로, 진태는 격앙되고 새된 항변으로, 그렇게 치열하게 이어진 2주간의 대화 끝에 마침내 오늘, 아내는 현실을 받아들인 것이다.

근데 이 기분은 뭘까? 진태의 가슴속엔 어느새 두려움이 들어앉아 있었다. 과연 잘하는 짓일까? 결국 독단에 불과하지 않나?

아니야, 아니야. 흔들리면 안 돼. 이래서는 아무것도 바뀌지 않아. 냉정을 잃지 말자고.

그런 생각들로 오전 시간이 후딱 지나갔다. 그러고는 먹는 둥 마는 둥 편의점 햄치즈샌드위치로 점심을 때우자마자 과장의 호출이 있었다.

"유 대리."

"네, 과장님."

"지난번 회의 때 얘기했던 거 말이야……." 과장은 겸연쩍은 투로 길게 말끝을 늘였다. "생각 좀, 해봤어?"

희망퇴직 얘기였다. 회사가 매각될 거란 소문이 있었다. 이미 매수자가 정해져 있다고도 했다. 현재 물밑에서 진행 중인 구조 조정은 역시 그 일환임이 분명해 보였다.

진태가 업계 규모 5위의 K제지회사 기획실에 입사한 지는 6년이 조금 넘었고, 나름 성실히 일해 왔다고 자부하고 있었다. 비록 성과는 미미했지만 굵직한 프로젝트 두 개를 주도적으로 이끌었고, 전날 무슨 일이 있었든 지각은 단 한 차례도 해본 적이 없었다. 그런데 서른다섯에 벌써 이따위 얘기를 듣고 있다니, 작년에 동기 놈이 먼저 팀장을 달았을 때도 묵묵히 맡은 바 임무에 충실했던 그였다.

"퇴직금이야 얼마 안 되겠지만, 이번 달 안에 신청하면 특별보상금이……."

"저기," 진태가 과장의 말을 잘랐다. "제가 손목 때문에 병원에 좀 가봐야 할 것 같은데요."

저도 모르게 그런 말이 튀어나왔다. 물론 거짓말이었다.

"아, 그래?" 과장이 어색하게 눈을 맞췄다. 이렇게 나오면 곤란할 텐데, 하는 무언의 경고였다.

진태는 겨드랑이가 축축해지는 것을 느꼈다. 이걸 어쩐다? 뭔가 더 예의 바른 몸짓? 구조 조정의 희생양에서 벗어나기 위한 비굴한 몇 마디? 아니면 불쌍한 척? 아내가 이혼을 하자네요. 그런 말로 동정심을 유발하는 것도 나쁘지 않은 카드였다. 하지만 이미 병원 얘기를 던져놓은 마당에 뭘 해도 뜬금없을 터였다. 진태는 그냥 꾸벅 인사를 하고는 도망치듯 사무실을 나와버렸다.

약 30분 뒤, 진태는 자신의 거짓말을 참말로 바꿔놓았다. 정말 병원에 온 것이다. 아직 마음의 준비가 되진 않았지만 까짓 오늘이어도 상관없지 않겠냐고 스스로를 납득시켰다.

아주 천천히 도는 대형 회전문에 떠밀려 병원 로비에 들어선 다음 곧바로 엘리베이터를 탔다. 그리고 입원실이 늘어선 8층으로 올라갔다.

814호, 6인실, 왼쪽 창가 자리. 그곳은 아버지가 사는 곳이었다.

뇌종양으로 투병 중인 아버지는 벌써 1년 가까이 식물인간 상태였다. 전이된 종양의 크기만큼이나 사지는 뻣뻣하게 굳어 있었고, 가끔씩 미간을 찡긋거리는 걸 제외하면 이미 죽은 사람이나 다름없었다.

"오셨어요?" 간병인이 진태를 반갑게 맞이했다.

오십 대 후반인 이 아주머니는 인상이 아주 좋았다. 무표정에서도 은은하게 미소가 느껴지는, 미소를 기본 옵션으로 장착한 드물게 보기 좋은 얼굴이었다. 하지만 아버지의 대소변을 처리할 때도 저렇게 미소 짓고 있을 걸 생각하면 조금 께름칙하기도 했다.

"고생이 많으시네요. 아버지는 좀 어떠세요?"

"늘 똑같으시죠, 뭐. 근데 요즘 들어 무슨 꿈을 그렇게 꾸시는지 툭하면 눈가가 촉촉해지시네요." 아주머니가 호호호 웃으며 자리를 피해 주었다.

진태는 칸막이 커튼을 꼼꼼히 둘러치고 아버지 곁으로 한 발짝 다가섰다. 생명이 빠져나가고 있는 아버지의 얼굴이 너무 가깝게 느껴졌다. 흠칫하며 반 발짝 물러났다.

그나마 아버지가 의식이 조금 있었을 때는 진태와 두 동생 그리고 그의 아내가 돌아가면서 병실을 지켰다. 4교대라고는 해도 그리 수월한 일은 아니었다. 평소에도 어렵고 어색했던 아버지를 기꺼운 마음으로 보살피는 것이 말처럼 쉽진 않았다. 그저 의무감이었다고 하는 게 차라리 솔직한 표현일 것이다. 그런데 아버지의 상태가 악화되고 의사로부터 전혀 가망이 없다는 얘기를 듣고부터는 죄다 의미 없는 짓이라는 생각이 들었다. 기껏 착한 일을 했는데 뒤늦게 산타가 없다는 사실을 알게 된 어린아이의 심정과 비슷했다. 결국 간병인을 쓰게됐다. 그렇다면 몸이 편해진 만큼 마음을 더 썼는가? 딱히 그렇지는 않았다. 덕분에 이혼을 고민하는 데 더 많은 시간을 투자할 수 있었다.

진태는 한동안 아랫입술만 질근거리다가 어렵게 입을 뗐다.

"누워계시는데 이런 얘기 좀 그렇지만…… 아버지, 저 이혼해요."

아버지는 아무 대답이 없었다. 눈을 깜박이지도 않았다. 그 당연한 무반응이 진태는 다행스러웠다.

화를 내진 않았겠지만 분명 못마땅해했을 터였다. 아버지는 진태의 아내를 각별히 예뻐했었다. 만약 할 수만 있었다면 아버지는 이렇게 물었을 것이다.

"후회하지 않을 자신 있어?"

장난감을 고를 때도, 잘못을 저지른 뒤 변명을 할 때도, 대학을 선택할 때도, 직장에 들어갈 때도, 아버지는 늘 그렇게 물었다. 더 노력해라, 게으름 피우지 말아라, 도망치지 말고 맞서라, 그런 말들 대신에 늘 후회하지 않을 자신 있냐고 물었다. 그 말은 집안의 가훈이나 마찬가지였다. 모든 선택의 기준이자 걸림돌이었다. 자연스럽게 아버지는 의지의 대상이 아니라 경계의 대상이 됐고, 사춘기 무렵 진태는 그런 아버지에게 노골적인 반감을 품기도 했었다. 정작 본인이야말로 후회스러운 인생을 살지 않았나? 그래 놓고는 우리 삼남매한테 괜히 화풀이를 해대는 게 아닌가? 아버지는 좋은 대학을 나왔지만 번번이 회사를 오래 다니지도 못했고, 이런저런 사업에 손을 댔지만 한 재산 일구어내지도 못했다. 솔직히 말하면 쫄딱 망했다.

"저 후회하지 않을 거예요. 그 말이 듣고 싶으신 거죠?"

마치 대답인 것처럼 아버지 목구멍 안쪽에서 크르르 가래 끓는 소리가 들렸다.

"7년 가까이 저 나름대로는 정말 애쓰면서 살았거든요. 근데 지금은 남은 게 딱 하나밖에 없어요. 그게 뭘 거 같아요? ……생각해 보니까, 신기하게도 저 결혼할 땐 아버지가 그걸 안 물어보셨더라고요. 후회 안 할 자신 있냐고. 왜 그러셨어요? 그보다 중요한 결정이 또 어디 있다고."

또 가래 끓는 소리가 들려서 진태는 잠시 입을 다물었다.

"아버지를 원망하는 건 아니고요. 그냥 그렇다고요. 어쩌면 제 결정에 대해 더는 뭐라 하실 명분이 없으실지도 모른다, 뭐 그런 말씀을 드리고 싶은 거예요."

그러고 나서 약 30초 정도 아버지를 내려다본 뒤에 커튼을 젖히고 나왔다.

그런데 뭔가 의도적인 침묵이 느껴졌다. 병실에 있던 환자들과 보호자들이 그의 말을 다 엿들은 것 같았다. 시선을 피하면서도 계속 흘끔흘끔, 거기다 에이그, 하는 한숨 소리까지. 그들의 침묵은 분명 이런 의미일 터였다.

'저런 후레자식, 병든 아버지를 붙들고 뭐 하는 짓이야!'

이거 모른 척을 해야 하나 민망한 척을 해야 하나 망설이고 있는데, 때마침 그의 핸드폰이 울렸다.

"여보세요? ……네, 맞는데요. ……어디요? 응급실이요?"

2

"14시 20분경에 투신하셨습니다, 한강대교에서요. 다행히도 목격자가 바로 신고를 해준 덕분에 저희가……."

나이 지긋한 한강 수난구조대원이 차분히 사고 경위를 읊어주고 있었다.

"처음엔 제보자도 헷갈렸던 것 같더라고요. 다리 난간 위에 사람이 올라서 있기는 했는데, 그게 어찌 보면 춤을 추는 것 같기도 하고, 또 어찌 보면 술에 취한 것 같기도 하고……."

동생의 사고 소식을 전해 듣는 동안 진태는 계속 얼굴이 화끈거렸다. 놀라서가 아니었다. 부끄러워서였다. 진수는 두 살 밑의 남동생으로, 덩치만 커다랗지 아무짝에도 쓸모가 없는 놈이었다. 욕을 처먹어야 슬금슬금 단기 아르바이트나 하러 다닐 뿐, 노상 집에서 빈둥거리며 엉덩이나 긁어대는 덜떨어진 인간이었다.

"그래도 다행이지 뭡니까, 몸에는 아무 이상이 없다니까요.

몇 가지 서류만 작성하시면 댁으로 모셔갈 수 있습니다."

진태는 구조대원이 하라는 대로 여기저기 서명을 하고 나서 응급실 침대에 누워 있는 진수에게로 다가갔다. 동생의 축축한 몰골에서 비린내가 풍겼다.

"이게 무슨 병신 같은 짓이야?"

진태가 낮게 으르렁거리자 진수가 벌떡 일어나 앉았다.

"내 인생에 그런 수치는 처음이었어!" 순식간에 눈물이 고이더니 주르륵 흘러내렸다. "죽지 않고 달리 뭘 할 수 있냐고!"

진수가 몸을 부르르 떨며 형을 올려다보았다. 위로를 바라는 눈빛이었다. 하지만 진태는 거기에 응해 줄 마음이 전혀 없었다. 그는 동생이 뛰어내린 이유조차 궁금하지 않았다.

"제발 생각 좀 하고 살자, 응? 아버지는 오늘내일하고 있는 판에 이게 무슨, 그렇게 할 짓이 없으면 가서 아버지 병수발이나 해. 효도는 저승에 가서 할 거냐?"

"그래! 저승 가서 할 거다, 왜!" 진수가 이불을 획 뒤집어쓰며 도로 침대에 누웠다.

그 순간 진태는 외로움을 느꼈다. 주변에 그의 마음을 편하게 해주는 이가 단 한 사람도 없었다. 차라리 고아였으면 좋겠다는 생각이 들었고, 그냥 어딘가로 도망쳐 버리고도 싶었다.

"오늘만 세 번째네요?"

"그러게 말이다."

뒤편에서 구조대원들의 말소리가 들렸다.

"한 2주 전부터 계속 이러잖아요?"

젊은 대원이 말하자 아까 사고 경위를 읊어주었던 고참 대원이 이렇게 설명했다.

"원래 날이 더워지면 한강에 투신하는 사람들이 많아지는 거야. 한 해 평균이 2백 건이라고 치면, 그중 절반이 6월에서 9월 사이지." 그러고선 흠, 하며 생각을 곱씹다가 또 말했다. "그렇다고는 해도 올여름은 좀 유난스럽긴 하네. 올해가 1880년 이후로 가장 더운 해라더니, 그 때문인가?"

"그래도 전 이해가 안 돼요. 더운 거랑 죽는 거랑 무슨 상관이래요? 살기 힘든 건 오히려 겨울 쪽이 아닌가요?"

진태는 그 말을 듣고 대학교 2학년 때인가 자살 분포를 예로 들었던 사회통계학 수업이 떠올랐다. 당시엔 지금보다 자살자들의 수는 적었지만 여름에 그 분포가 밀집된 것은 별반 다르지 않았다. 그리고 그때 진태도 삶의 고통은 역시 여름보다는 겨울이 더 어울리지 않을까, 젊은 대원과 똑같은 생각을 했었다. 마침 교수가 진태를 지적하며 의견을 물어서 그는 얼렁뚱땅 이렇게 답했었다.

"음…… 해가 짧은 겨울엔 차라리 일찍 잠들기 때문에 고통을 빨리 잊을 수 있지만, 여름에는 해가 길어서 오래 깨어 있으니까, 비관적인 생각들도 그만큼 오래 하게 되는 거 아닐까요? 결국 인간은 추위나 배고픔 같은 육체적 고통보다, 사회적 혹은 심리적 고통에 더 취약한 게 아닌가 싶은데요."

교수가 끄덕끄덕하더니 "자넨 어떻게 생각하나?" 강의실 구석에 앉아 있던 남자 선배를 가리켰다. 의가사 제대를 했다는 소문만 들었을 뿐 이름도 모르는 선배였다. 매일 추레한 옷차림에 거의 말도 없고, 가까이 가기 싫은 타입의 예비역이었다.

"그건…… 태양 때문입니다." 선배가 대답했다.

"태양? 어째서?"

"태양은 사람을 죽고 싶게 만드니까요."

이상한 말이었다. 여기저기서 키득키득 웃음소리가 들렸다. 하지만 선배는 아주 진지한 표정이었다.

그때 교수님이 뭐라고 하셨더라? 기억을 더듬는 사이 진수가 침대에서 내려섰다. 신발은 강물에 떠내려가 버렸는지 그는 맨발이었다.

진태는 헛웃음이 나왔다. 여름이든 겨울이든 그건 진짜로 사는 게 힘든 사람들의 경우였다. 진수 이놈은 그냥 너무 편해서, 사는 게 너무 만만해서 제 목숨 버리는 것조차 아쉽지가 않을 뿐이었다.

*

두 사람이 택시를 타고 수원에 도착했을 때는 벌써 해가 기울고 있었다. 아버지가 입원한 뒤로 진태는 수원 본가에 들른 적이 없었다. 벌써 1년이 넘은 것이다.

진태가 앞장을 섰고 진수는 어기적거리며 뒤따라왔다. "형, 좀 천천히 가." 그는 아직 맨발이었다.

고만고만한 단층 주택들이 모여 앉은 좁은 골목으로 들어 섰다. 저만치 앞에 얼룩무늬 길고양이 한 마리가 쓰레기봉투를 파헤치고 있었다. 두 사람의 기척에 놀란 고양이가 부스럭 몸을 웅크리자, 진태와 진수도 얼결에 멈춰 섰다. 잠시 시간이 멈춘 듯했다.

야옹.

고양이는 두 사람이 자기 옆을 지나 청록색 대문 앞에 다가설 때까지 빤히 바라보았다. 그러고는 또 야옹, 하고 어딘가로 사라졌다.

대문 옆 얕은 담 위로 뻗은 장미 넝쿨이 앙상하게 말라 있었다. 진태는 다섯 살 무렵부터 결혼 직전까지 이 집에서 약 23년을 살았다. 70년대 초에 한옥도 아니고 양옥도 아닌 애매한 양식으로 지어진 1.5층짜리 단독주택. 부엌과 마루, 화장실 그리고 방 세 개가 디귿 자 형태로 작은 마당을 둘러싸고 있고, 웃기게도 안방 천장과 지붕 사이의 그 좁은 공간에 코딱지만 한 다락이 얹혀 있었다. 그래서 1.5층이었다.

진태가 초인종을 눌렀지만 고장이 났는지 소리가 나지 않았다.

"키 있어." 진수가 바지 주머니에서 열쇠를 꺼냈다.

죽겠다는 놈이 열쇠는 뭐 하러 챙겨 나갔을까, 진태가 코웃음을 쳤다.

"나갈 때까지는 죽을지 몰랐거든?" 진수가 귀신같이 대답했다.

대문을 열고 마당에 들어서자 "오빠야?" 안에서 막내 여동생 해민의 목소리가 들렸다. "앗, 큰오빠까지!" 해민이 쪼르르 맨발로 마당을 가로질러 와서 오빠들 앞에 섰다. 진태의 시선은 자연스럽게 그녀의 맨발로 향했다.

"이히히." 해민이 실실 웃으며 발가락을 꼼지락거렸다.

"넌 지금 이 꼴이 우습냐!" 진태가 버럭했다.

그러거나 말거나, 해민이 마이크를 쥔 듯이 주먹을 입에 대고는 "아, 아, 중대 발표가 있겠습니다!" 운을 띄우더니 이렇게 소리쳤다.

"오빠들 나 있잖아, 히히, 알고 보니 레즈비언이었어! 푸하하하! 완전 멋지지 않아?"

오랜만에 삼남매가 마루에 모여 앉았다. 그러나 차분히 안부부터 주고받기엔 세 사람 다 너무 흥분한 상태였다. 진태를 필두로 각자 자기 입장을 호소하며 변명을 마구 토해내기 시작했다.

"도무지 감정이 없어, 감정이! 사람이 어떻게 옳은 길로만 가냐? 때론 틀린 길이라 해도 내가 좋으면 그걸로 된 거 아니야? 그게 삶이고 그게 인간인 거 아니냐고!"

진태는 삶이 메말라 버렸다, 도덕 교과서를 끼고 사는 거나 다름없다, 더는 인간적 유대가 불가능하다는 식의 마누라 험담을 늘어놓았다.

"그래, 너희들한텐 공허한 얘기로 들리겠지. 그치만 진실로 그게 핵심인 걸 어쩌겠어? 이혼이란 게 원래 그렇잖아? 어떤 식으로든 극단에 치닫지 않으면 결론 내기가 어려운 법이잖아. 안 그래? 응?"

동생들한테 이런 얘기를 한다는 자체가 웃기기도 했지만, 또 막상 하려고 하니 어째 설득력 있게 말해지지가 않았다. 꼭 어린애 투정처럼 들리는 것 같아서 결국엔 말끝이 흐려지고 말았다.

이번엔 진수 차례였다.

"그 여자가 나한테 어떤 존재였는지 알아? 한 줄기 빛이었어! 근데 이게 뭐야. 이젠 깜깜해! 세상이 암흑천지가 됐는데 더 이상 살아 뭐 하겠냐고!"

자칭 아마추어 사교춤 댄서인 진수는 일주일 전 끔찍한 배신을 당했다고 말했다. 가을에 있을 댄스 경연대회에 참가하기 위해 파트너를 정하던 중에, 그간 호흡을 맞춰 온 여자가 면전에서 다른 놈을 택하는 바람에 이루 말할 수 없는 수치심을 느꼈다고 했다.

"나도 그냥 받아들이려고 애썼어. 정말이야, 아주 피똥을 쌌다고. 누군들 죽고 싶었겠어? 처음엔 그냥 장님이 될라 그랬어. 그럼 더 이상은 그 여자가 눈앞에 아른거리지 않을 테니까. 근데 해민이가 그게 아니라잖아…… 그건 눈이 아니라 이 가슴의 문제라잖아!"

때문에 죽음만이 유일한 탈출구였다, 사랑의 실패자가 할 수 있는 가장 고귀한 선택은 역시 자살이 아니겠냐, 하면서 또 울먹거렸다.

그리고 이번엔 막내 차례.

"상상해 봐. 아시모프 님 머릿속에 『파운데이션』 시리즈가 팍! 하고 떠올랐을 때 어떤 느낌이었을지!"

올해 나이가 스물여섯인 해민은 그동안 자신을 괴롭혀 오던 문제, 즉 '왜 굳이 BL 웹툰 사이트에 나의 SF 웹툰을 올리려 기를 썼는가'에 대한 해답을 마침내 얻었는데, 그것은 사이트의 운영자인 선배 언니를 짝사랑하고 있었기 때문이라고 고백했다.

"오빠들은 인생에서 가장 중요한 순간이 뭐라고 생각해? 그건 바로 깨달음의 순간이야. 첫째로는 자기 자신에 대해 깨닫는 순간이고, 둘째로는 사랑에 대해 깨닫는 순간이지. 근데 나한테는 말이야, 히히, 그 두 가지 깨달음이 동시에 왔다고! 이건 기적이야, 기적!"

"어머니가 이 꼴을 안 보고 돌아가신 게 얼마나 다행이냐!"

진태가 막내의 깨달음에 찬물을 끼얹었다. 그러자 해민이 발끈했다.

"오빠가 등산화만 제때 사드렸어도 그런 일은 없었어!"

"여기서 그 얘기가 왜 나와?"

"오빠가 먼저 꺼냈거든?"

어머니는 7년 전 가을, 초등학교 동창들과 덕유산에 등산을 갔다가 그만 낙상을 당했다. 그리고 산악구조 헬기인 KA-32T에 실려 가던 중 공중에서 곧바로 천국에 올랐다. 참고로, 등산화에 대한 막내의 비난은 진태로서는 상당히 억울한 것이었다. 그는 분명 등산화를 사드리겠다고 했었다. 절대로 돈이 아까운 게 아니었다. 하지만 어머니는 왜 괜한 데에 돈을 쓰냐며 극구 마다했고, 끝내는 밑창이 변변치 못한 운동화를 끌고 갔다가 변을 당한 것이었다.

"너 중년들의 등산이 어떤 건지나 알아? 불륜의 온상이야."

형을 위한답시고 진수가 터무니없는 소리를 지껄였다.

"넌 빠져, 이 자식아!"

"뭐야, 오빠는 그럼 우리 엄마가 불륜이라도 저질렀다는 거야?"

"그런 뜻이 아니잖아! 그치만 등산로 밑에는 왜 항상 모텔들이 바글바글할까?"

"아, 이 미친 새끼야, 조용히 안 해?"

그때였다. 갑자기 하늘이 번쩍하더니 콰쾅쾅! 귀청을 찢을 듯한 천둥소리가 들렸다.

삼남매는 깜짝 놀라 입을 다물었다. 이윽고 예보에도 없던 세찬 빗줄기가 쏟아져 내렸고, 그들은 그 비를 바라보며 용하게도 같은 생각을 했다. 어머니의 눈물이라고. 하지만 이유는 각기 달랐다.

막내의 커밍아웃에 억장이 무너지신 거야.

그깟 거 등산화 몇 푼이나 한다고, 역시 서운하셨던 거야.

엄마도 참, 불륜 얘기는 그냥 농담이었다고요.

3

다음 날 저녁, 삼남매는 다시 한데 모여 아버지 병원으로 향했다. 병원으로부터 아버지의 임종이 임박했다는 연락을 받은 것이었다.

신경외과 입원실인 814호 안은 한 달이 멀다 하고 반복되는 익숙한 침묵에 잠겨 있었다. 그러나 삼남매에겐 전혀 익숙하지 않은 침묵이었다. 괜히 불안하고 초조하고 슬슬 눈치까지 보였다. 뭐랄까, 이 세계의 낯선 방문객이 된 것만 같은 아주 불편한 느낌이었다. 다른 누구도 아닌 바로 내 아버지의 죽음인데도 말이다.

"오늘을 넘기지 못하실 겁니다." 이미 전화로 했던 말을 의사가 다시 한번 반복했다.

사실 진태는 아버지에게서 큰 차이를 느끼지 못했다. 호흡이 약간 불규칙한 것 말고는 눈에 띄는 변화는 없는 것 같았다. 확실합니까? 따져 묻기도 뭐하고, 그저 끄덕끄덕하며 받아들이는 것 외엔 다른 도리가 없었다.

"알고 계시겠지만 환자분께서 의식이 있으셨을 때, 저희에게 심폐소생술 거부 의사를 밝히셨습니다."

"네?" 진태가 놀란 눈으로 의사를 바라보았다.

"그때 아내분께서 함께 계셨는데……." 의사가 확인하듯 곁에 서 있던 간호사를 쳐다보자 간호사가 얼른 고개를 끄덕였다.

그러고 보니 들은 기억이 났다. 그 결정에 대해 특별히 불만도 없었고 자기라도 그렇게 했을 거라고 생각은 했지만, 그걸 굳이 아내와 함께 있을 때 결정했다는 사실에 왠지 기분이 언짢았었다.

"제가 잠시 착각을 했었네요, 하하." 진태가 밝게 미소를 지어 보였다. 그러고는 부적절했던 그 미소를 아주 어색하게 지워냈다.

계속해서 침묵의 시간이 흘러갔다. 여기저기서 한숨 소리가 들렸다. 심폐소생술을 하지 않는다면 그냥 이렇게 쳐다보는 것 말고는 할 수 있는 게 없었다. 꼭 아버지가 어서 죽기를 바라고 서 있는 것 같았다. 누군가가 용기를 내서 "지금 상태로 봐선 한 45분쯤 더 버티실 것 같습니다! 자, 그럼 모두 해산했다가 임종 5분 전에 다시 모이기로 하죠!" 하고 말해줬으면 좋겠다는 생각까지 들었다.

지금이라도 연락해야 하지 않을까? 진태는 아내를 떠올렸다. 이혼을 합의했다고는 하지만 임종 때 부르지 않는 것이 영 찜찜해서였다. 아니야, 와봐야 본인만 불편하지, 뭐.

진태는 어제까지만 해도 아버지가 한 석 달쯤 더 버텨 주기를 바랐었다. 이유는 두 가지였는데, 첫 번째는 이타적인 동시에 이기적인 이유였고, 두 번째는 그냥 이기적인 이유였다.

그는 어머니가 돌아가시고 두 달 만에 결혼식을 올렸다. 가족의 불행을 행복으로 덮어보려는 순진한 의도에서였다. 그랬던 그가, 이번엔 아버지의 죽음 위에 이혼이라는 불행을 하나 더 얹게 될 민망한 처지에 놓인 것이다. 그것이 첫 번째 이유였다. 그리고 두 번째 이유는, 불행이 인간을 나약하게 만들지도 모른다는 불안감이었다. 아버지의 장례를 치르고 나면 당장은 이혼 얘기를 꺼내기가 어려울 테고, 그렇게 어영부영 몇 달이 흐르다 보면 자신도 모르는 사이 의지가 흐릿해지고 말 터였다.

그런데 막상 닥치고 보니 차라리 잘됐다는 생각이 들었다. 이제 아무 눈치도 볼 필요가 없거니와 죄책감도 훨씬 덜 할 것이 아닌가.

동생들 생각은 안 하냐고? 진태는 고개를 돌려 동생들을 바라보았다. 진수는 셋 중에 제일 한가했음에도 불구하고 그놈의 맹목적인 사랑 쟁취에 목숨을 거느라 병원에 몇 번 들르지도 않았다. 개중 막내가 아버지에게 가장 애틋함을 느끼고 있긴 했지만, 조금 전까지 그녀의 귓구멍에선 뮤지컬 〈헤드윅〉의 〈The Origin of Love〉가 무한 반복되고 있었다. 그리고 어제저녁 이들과 대화를 나눈 후 진태는 더욱 확신이 생겼다. 이것들한테는 전혀 미안할 게 없다는 것이다.

대기한 지 두 시간쯤 지난 저녁 8시 30분, 뻣뻣하게 다물어져 있던 입이 쩌억 벌어지더니 아버지가 길게 마른 하품을 했다.

그렇게 끝이 났다. 아버지의 삶은.

뭐야, 이게 다야? 좀 허무할 정도였다. 의사의 사망 선고가 없었다면 뭔가 더 절명의 순간다운 임팩트를 기다렸을지도 몰랐다.

해민이 훌쩍이기 시작하자 진태가 그녀의 어깨를 감쌌다. 진수는 그런 형의 어깨에 조용히 손을 얹었고, 진태는 그 손을 남들 모르게 밀쳐냈다.

＊

언제든 닥쳐올 죽음이었음에도 삼남매는 아무런 준비가 되어 있지 않았다. 모두 자기 고민에만 빠져 있었다. "내가 상조에 가입 안 해놨으면 어쩔 뻔했어?" 진수가 뻐겨댔지만 대체

누구를 위한 장례식인지조차 의심될 정도로 너무 형식적이었
고, 타성에 젖어 있었고, 그저 낯선 이의 훈련된 경건함을 따
라 끌려가듯 진행되었다.

"어차피 태울 거니까, 그치?" 수의와 관과 유골함은 가급적
최고 저렴한 것으로 골랐고, 심지어 입관할 때 관을 들어 옮기
던 형제는 쿵, 하고 관을 떨어뜨리기까지 했다. "야, 이 미친놈
아!" 진태는 동생의 무성의함을 탓했고, 진수는 형의 깁스를
원망했다. "손은 왜 그 지경을 해가지고, 답지 않게."

친척들은 손님이 너무 없는 거 아니냐고 투덜댔으며, 진태
는 문상을 온 직장동료들에게 아내를 인사시키면서 내내 어
색해했다. 진수는 흠모하던 그녀가 새로운 댄스 파트너와 함
께 등장하자 분을 참지 못해 어딘가로 사라져버렸고, 해민은
시종일관 선배 언니 곁에 앉아서 육개장보다도 빨갛게 얼굴
을 붉혔다.

장례의 마무리 또한 시작만큼이나 엉성했다.

"네가 알아서 한다던 게 이거야?"

유골함을 가슴에 안은 진태는 망연자실한 표정이었다.

"없다는데 어떡해, 그럼. 여기도 간신히 사정사정해서 된
거라고."

진수가 말하고는 뒤편에 서 있던 납골당 직원에게 도움의

신호를 보냈다.

"보름 전부터 갑자기 예약자가 몰리는 바람에, 죄송하게 됐습니다. 혹시라도 좋은 자리가 나면 바로 연락드리겠습니다."

"너한테 맡긴 내가 병신이지."

"그러게 엄마 돌아가셨을 때 처음부터 두 칸짜리 부부실로 하자고 했잖아, 내가."

"네가? 왜 벌써 아버지 죽는 거까지 생각하냐고 했던 게 너 아니었어?"

"아, 왜 또 쓸데없는 걸로 싸워?" 보다 못한 해민이 중재에 나섰다. "아빠를 그렇게도 몰라? 우리 아빠가 평소에 얼마나 검소했는데! 아빠는 이런 걸로 절대, 절대 서운해하고 그러지 않아. 걱정 마."

혹시나 해서 납골당 몇 군데에 전화를 걸어봤지만 사정은 마찬가지였다. 어머니와 각방을 쓰는 것도 모자라 아버지 유골함을 납골당 맨 밑 칸에 모셨다. 아버지와 눈이라도 마주치고 얘기하려면 아예 바닥에 드러누워야 할 판이었다.

*

수원으로 돌아오자마자 진태는 아버지가 쓰던 안방의 문을 열었다. 퀴퀴한 냄새가 진동했다. 청소는 고사하고 환기도 한

번 시키지 않은 게 분명했다.

"뭐가 이렇게 많아?" 형이 또 잔소리를 해댈까 봐 진수가 얼른 안으로 들어서며 너스레를 떨었다. "이거 다 어떻게 정리하지?"

한쪽 벽을 꽉 채운 네 개의 책장, 다른 쪽엔 장식장과 옷장, 그리고 수북이 쌓인 신문들과 안에 뭐가 들었는지 알 수 없는 종이상자들이 좁은 방 안을 가득 메우고 있었다. 죽음에 대비해 아버지 스스로 어느 정도 미리 정리를 해놓은 듯도 했다.

"그냥 놔둘까?" 의욕이 없기는 진태도 마찬가지였다.

"불에 태우는 건 어때?" 해민이 말했다. "다들 그러지 않나?"

태우든 정리를 하든 우선 내용물부터 확인해 보기로 하고 아버지의 짐들을 마루로 끌어내기 시작했다.

"너 바보냐? 거긴 손이 안 닿잖아! 이쪽으로 빼라고 좀!"

진태는 깁스를 핑계로 여기다 쌓아라, 저기다 쌓아라, 지적질만 해댔고, 진수와 해민은 입이 이만큼 튀어나와서 줄줄 땀을 흘렸다.

그러기를 약 한 시간, "아악!" 안방에서 비명이 들렸다.

"왜 그래!" "또 다쳤어?" 동생들이 후다닥 방으로 달려갔다.

진태가 오른손에 양주병을 들고 서 있었다.

"장식장 안쪽에 뭐가 있었는지 알아? 이것 좀 봐. 아직 뜯지도 않았어!"

33

"아, 뭐야! 기껏 양주 한 병 가지고 왜 사람을 놀래켜?" 해민이 짜증을 터뜨렸다.

"기껏? 이게 그냥 시바스리갈인 줄 알아? 자그마치 25년 산 시바스리갈이라고! 35년 살면서 나도 실물은 처음 본다. 750밀리리터 이거 한 병이면 못해도 한 40만 원은 할걸?"

반년 만에 진태의 입꼬리가 씩 올라갔다.

더운 날씨에 땀을 흘려서 그런지 알코올 기운이 순식간에 몸 안으로 퍼져 들어갔다. 삼남매는 주거니 받거니 술을 따라 마시며 이제 아버지의 유품보다 시바스리갈에 더 예의를 갖추고 있었고, 마루에 쌓아 놓은 유품들은 자연스레 등받이 신세로 전락해 버렸다.

"오빠들! 내가 다락방에서 뭘 찾았게?"

화장실에 간다며 한동안 자리를 비웠던 해민의 목소리가 멀리서 들렸다.

"거긴 뭐 하러 올라갔어? 와서 잔이나 받아!" 진태가 소리쳤다.

이윽고 해민이 큼지막한 나무 상자를 들고 마루로 나왔다.

"짜잔! 아빠 턴테이블."

족히 40년은 묵은 것 같은 스피커 일체형의 조악한 물건이었다. 겉에는 먼지가 잔뜩 쌓여 있었지만 커버를 열어보니 그래도 속은 멀쩡해 보였다.

"판은 이거 한 장밖에 없더라고."

정식 앨범이 아니라 옛날에 '빽판'이라고 불리던 복제품 같
았다. 라벨이 다 닳아서 글씨는 희미했고, 검은 판 위에 허연
곰팡이들이 점점이 앉아 있는데, 어찌 보면 이게 꼭 나선은하
처럼 보였다.

"누구 거야?" 진태가 묻자, "보나 마나 뽕짝이지. 아부지 심
수봉 팬이었잖아." 진수가 넘겨짚었다.

"아니야, 뭐 이상한 말이 쓰여 있는데? 이게 영어야 뭐
야……." 라벨을 뚫어져라 노려보며 해민이 더듬더듬 말했다.
"아랑……후에……즈? 아랑후에즈 협주곡? 알아?"

형제가 어깨를 으쓱했다.

"오케이, 그럼 어디 한번 확인해 보자고요, 히히."

그러나 약 5초 뒤, 해민은 110볼트 전원 플러그를 손에 쥐고
어리둥절한 표정을 지었다. "근데 얘 왜 이렇게 생겼어?"

"저리 치우고 그냥 술이나 마셔."

"아, 쫌! 틀어보자아!"

결국 어머니가 구형 다리미를 쓸 때 꽂아 쓰던 변압기까지
동원이 됐다.

해민이 턴테이블에 판을 올리자 곰팡이 우주가 빙글빙글
돌기 시작했다. "오오, 된다, 된다!" 이번엔 바늘을 들어 첫 트

랙 위에 조심스럽게 안착시켰다. 잠시 치직거리는 소리가 나
더니 곧바로 익숙한 멜로디의 트럼펫 연주가 흘러나왔다. "우
와, 나온다!" 상당히 몽환적인 분위기의 재즈 음악이었다.

"아버지 취향 좋으시네." 진태가 양주를 홀짝이며 유품에
등을 기댔다.

"형, 이거 토요명화 앞 대가리에 나오는 음악 아냐?"

진수의 말에 해민이 피식 웃음을 터뜨렸다.

"오빠, 기억나? 토요명화 마지막 방송 하던 날, 아빠가 눈물
찔끔했던 거."

3년 전 여름이 지날 무렵, 아버지는 눈에 띄게 왼쪽 다리를
절기 시작했다. 때문에 병원에 가보자는 자식들 권유를 더는
뿌리칠 수 없었다. 반복되는 진찰과 거대한 검사 장비 앞에서
아버지는 자식들을 끔뻑끔뻑 올려다보며 애써 미소를 지어
보였다. 꼭 겁먹은 어린아이 같았다. 그리고 토요명화가 28년
만에 막을 내리던 그날, 아버지는 뇌종양 선고를 받았다.

자정이 넘도록 절뚝절뚝 마당을 거닐다 마루로 올라서던
아버지는, 토요명화의 시그널 음악이 시작되자 멈칫하며 숨
을 골랐다.

"아빠! 오늘이 토요명화 마지막 날이래. 인제 사람들이 이
거 안 보나 봐." 아버지의 인기척을 듣고 해민이 말했다. "〈리

딕2〉라고, 우주 용사 나오는 SF거든? 아빠도 볼래?"

"성우 더빙한 걸 어떻게 보냐? 구려." 진수가 투덜댔다.

평소 같았으면 너희들끼리 보라든가, 그냥 마른 헛기침이라든가 뭐든 반응이 있었을 텐데, 대신 코를 훌쩍거리는 소리만 두세 번 들려서 진수와 해민은 약속이나 한 듯 뒤를 돌아보았다. 아버지의 눈가에 촉촉이 눈물이 고여 있었다.

해민은 그때 새삼 생각했다. 아빠도 사람이구나, 병이 무섭구나.

태양은 서쪽을 향해 붉게 기울어 있었고, 한껏 취기가 오른 삼남매는 나른하게 늘어져 있었다. 아버지를 보내는 여운이 아니라 저희들 감상에 젖어 있는 듯했다.

"어째 곡들이 다 그게 그거 같냐." 세 번째 트랙이 끝났을 때 진수가 혀 꼬부라진 소리로 말했다.

"그러게." 진태도 동의했다.

"하여간 수컷들의 수준이란."

레코드 바늘이 네 번째 트랙으로 옮겨갔다. 역시나 쓸쓸한 트럼펫 연주였다.

"으으으으!" 진수가 진저리를 쳤다.

그런데 얼마 안 있어 티딕, 티딕, 콩을 볶는 것 같은 드럼 소리가 섞여 들었다. 그리고 곧바로 행진곡 느낌의 팡파르와 뒤

엉키며 한동안 어지러운 합주가 이어지더니, 급기야는 음악 소리가 기괴하게 늘어지기 시작했다.

"고장 났나?" 해민이 끙 소리를 내며 허리를 세우고 엉금엉금 턴테이블 쪽으로 기어갔다.

그 순간이었다. 툭, 레코드 바늘이 위로 들리며 세상이 캄캄해졌다.

"어라?"

"야, 장난치지 마."

"내가 그런 거 아니야."

치직, 레코드판에 바늘이 닿는 소리가 들렸다. 주변이 다시 환해지면서 맨 처음에 들었던 익숙한 멜로디가 흘러나왔다.

해민이 눈을 비볐다. 이게 무슨 상황인 거지?

그때 다시 툭, 하고 판이 튀며 세상이 또 캄캄해졌다.

"아이, 진짜!"

"나 아니라니까!"

4

뭐지?

아침에 눈을 뜬 진태는 이상한 느낌을 받았다. 구속에서 풀려난 듯도 하고 괜히 시원한 듯도 하고. 좋은 술은 역시 뒤끝도 깔끔한 건가?

근데 여기가 어디지? 아, 집이군.

그는 자기 집 안방 침대에 누워 있었다. 그런데 어떻게 집에 왔는지는 전혀 기억이 나지 않았다. 술이 과했나? 분명 동생들하고 유품을 정리하고 있었는데……?

진태는 협탁에 놓인 핸드폰을 집어 시간을 확인했다. 오전 7시 반이었다. 얼른 씻으러 들어갔다. 장례식 때문에 이틀의 휴가를 더 받아놓긴 했지만 회사 분위기가 분위기인 만큼 출근을 하기로 했다. 그러면 과장님도 뭔가 깨닫는 게 있겠지, 하고 생각했다.

그러나 그는 정작 아주 중요한 사실 한 가지를 깨닫지 못하고 있었다. 조금 전 핸드폰을 쥐었던 왼손에 깁스가 온데간데 없이 사라졌다는 사실이었다.

진태가 속옷만 걸치고 거실로 나왔을 때 텔레비전 화면에선 뉴스가 흘러나오고 있었다. 칠레의 산호세 광산이 붕괴되어 작업 중이던 광부들이 모두 매몰됐다는 소식이었다.

한참이나 지난 일을 왜 저렇게 긴박감 넘치게 떠드는 거야? 진태는 그런 생각을 하며 옷방 문을 열었다. 즉시 화들짝하며 몸이 움찔했다. 불도 꺼놓은 채 아내가 방바닥에 웅크리고 앉아 있었다.

아내는 천천히 고개를 들어 진태를 올려다보았다. 그리고 기운 없는 목소리로 물었다.

"당신은 여전히…… 같은 생각인가요?"

"뭐가."

"이혼이요."

장례 때문에 내 의지가 약해졌을 거라고 생각하는군. 천만에. 진태는 단호해 보이도록 더욱 힘을 실어 말했다.

"다 끝난 얘기 아니야?"

그러자 아내가 비난 가득한 눈빛으로 진태를 쏘아봤다.

"당신한테는 벌써 끝난 얘기인지 몰라도, 난 어제 들은 얘기라고요!"

*

"큰오빠도 참 유난스럽네."

"깁스 그거 가짜 아니냐?"

늦잠을 자고 일어난 진수와 해민은 마루가 깨끗이 치워진 걸 보고도 별다른 의심을 품지 못했다. 새벽부터 일어난 진태가 몽땅 내다 버리고 집에 돌아간 거라고만 생각했다.

그러나 몇 시간 뒤, 단단히 마음먹고 댄스 연습실에 나간 진수는 몹시 당혹스러운 감정을 느꼈다. 아무 일도 없었다는 듯 곁에 와서 딱 붙어 앉은 그녀 때문이었다.

뭐야 이거, 연민이야?

"자, 여러분 주목! 파트너 선정이 이제 일주일 남았습니다. 누가 누가 나랑 제일 찰떡 호흡인지, 오늘부터 제대로 맞춰보는 겁니다!"

이건 또 뭐야? 가을에 있을 댄스 경연대회에 대해 떠드는 코치 선생의 말을 듣고는 더욱 요상한 불안이 밀려왔다.

그때 그녀가 진수 팔뚝을 콕 찌르더니 귀엽게 물었다.

"찰떡 호흡인지 아닌지 어떻게 알게요오?"

지금 장난해? 진수가 눈을 부라렸다.

"맞아요, 눈빛." 그녀가 의미심장한 미소를 지어 보였다.

41

이런 젠장! 너 지난번 배신 때리기 전에도 나한테 이딴 미소를 지었어!

같은 시각, BL 웹툰 사이트 사무실에 들른 해민도 아주 묘한 기운을 감지하고 있었다. 어딘가 모르게 이미 겪은 느낌이랄까? 특히 전철에서 걸인을 봤을 때가 그랬다. 구걸을 하다 말고 갑자기 매우 드라마틱하게 넘어지는 그 걸인을 보면서, 해민은 이렇게 생각했다.

이게 보름에 한 번씩 하는 레퍼토린가 보네. 애쓴다, 애써. 근데 보름이면 적당한 간격일까? 인간의 연민이란 보름만 지나면 다시 리셋이 되는 걸까?

그리고 지금, 그녀가 작업한 웹툰을 모니터에 띄워 놓고 선배 언니가 길게 내뿜는 이 한숨도 분명 낯선 것이 아니었다. 게다가 화면을 채우고 있는 것은 3주 전에 욕을 한 바가지 얻어먹고 이미 다 삭제한 에피소드였다.

"너 BL이 뭔지 몰라?" 언니가 답답한 표정으로 물었다.

"알죠, 보이즈 러브."

"근데 왜 자꾸 이런 걸 그리는 건데?"

"지난번 회의 때 얘기한 거 다 흘려들었냐, 그렇게 물으려고 했죠?"

좀 놀랐는지 언니의 예쁜 눈이 더 커졌다.

"BL은 세계관이 이미 정립된 장르다, 독자들도 그걸 당연시하고 받아들인다. 암요, 저도 안다고요."

"아는데, 응?" 언니가 빨갛고 긴 손톱으로 모니터를 톡톡 두드렸다. "그걸 알면서 굳이 외계 행성까지 간 거야?"

"그러게요. 저도 지금 이 상황이 잘 이해가 안 되네요."

"너 나한테 무슨 감정 있니?"

"어떤, 감정이요?"

"뭐?"

"모르시면 할 수 없고요."

＊

삼남매가 진태 회사 건물 앞에 모였다. 대체 무슨 일이 벌어진 걸까? 8월 23일이었어야 할 세상은 18일 전, 그러니까 8월 5일로 되돌아와 있었다. 서른세 명의 광부가 매몰돼 세계인들의 안타까움을 자아냈던 칠레 산호세 광산이 오늘 또 한 번, 아니 처음으로 무너져 내렸다. 뉴스마다 긴급 속보를 타전하며 아주 난리가 나 있었다.

"오빠들, 혹시 우리가 같은 꿈을 꾸고 있는 거 아닐까?"

"꿈은 무슨, 꿈은 원래 흑백이거든? 넌 내가 지금 흑백으로 보이냐?"

"오빠는 꿈을 흑백으로 꿔?"

"뭐야, 넌 컬러로 꿔?"

"이것들이 미쳤나." 진태가 잡아먹을 듯 동생들을 노려보았다. "지금 그따위 게 중요해? 문제는 지금이 8월 5일이라는 거야! 이제는 8월 22일이었고!"

"그거야 알지, 우리도."

"어제 우리가 뭘 했는지 기억은 하냐?"

"당연하지. 아부지 장례를……!"

아버지는 죽기 전과 똑같은 모습으로 814호 창가 자리를 차지하고 있었다.

"어찌 이런 일이!"

논리적으로 볼 땐 너무도 당연한 일이었다. 지난 8월 5일에 아버지는 분명 살아 있었다. 하지만 바로 어제 섭씨 1천 도의 불가마에서 무기물로 화했던 사람이 아닌가! 뭔가 오싹한 기분마저 들었다.

해민은 믿지 못하겠다는 듯 손가락 끝으로 아버지의 볼을 꾸욱 눌러보았다. 입술이 살짝 벌어지면서 푸우, 숨이 새는 소리가 들렸다.

"에구머니나."

진태는 얼이 빠져 있는 동생들을 데리고 복도로 나왔다. 그리고 상황을 다시 정리해 보았다.

"아버지 유품을 마루로 끌어낸 것까지는 확실히 기억이 나지? 그리고 귀한 양주를 몇 잔 마셨고, 그리고 곰팡이가 잔뜩 낀 레코드판을 틀었어. 근데 음악이 좀 이상하게……."

해민이 손뼉을 탁 쳤다. "그거야!"

그녀는 우주와 레코드판이 똑같은 것이라고 했다.

"보는 관점에 따라 우주란 회전하는 거대한 천체야, 그치? 그리고 어제 아빠 레코드판 기억나? 곰팡이가 꼭 나선은하 모양이었잖아. 슬슬 감이 오지? 자, 레코드판이 돈다. 즉 우주가 돈다. 그러다가 딱! 판이 튄 거야. 우주가 튄 거라고! 그래서 과거로 돌아온 거라고!"

"〈맨 인 블랙〉 마지막 장면에 나오는 고양이 방울 같은 거?"

그럴 리가 있냐는 투로 진태가 묻자, 해민이 "딩동댕!" 하며 한 바퀴를 돌았다.

"뭔 개소리야!" 진수가 딴죽을 걸었다.

"개소리라니? 이건 존경하는 커트 보니것 님의 소설 『타임퀘이크』에 나오는 얘기란 말이야!"

해민이 얘기해 준 『타임퀘이크』의 내용은 아주 간단했다. 딸꾹질을 하듯 시공 연속체의 판이 튀는 바람에 세상이 갑자기 10년 전의 과거로 되돌아가 버린 것이다. 사람들은 모두 그 사실을 깨닫고 엄청난 충격을 받았다. 하지만 안타깝게도 그들의 몸은 그렇질 못했다. 머릿속에서 주인이 뭐라고 소리치든 과거 자신이 했던 말과 행동들을 그대로 따를 뿐이었다.

"그러고는 그 10년 동안 모든 걸 똑같이 반복하는 거야. 또다시 엉뚱한 말에 돈을 걸고, 또다시 거지 같은 상대와 결혼하고, 또다시 임질에 걸리는 거지."

해민은 신이 나서 계속 떠들었다. "보니것 님은 이런 반복을 연극 같은 거라고 말씀하셨어. 배우들은 막이 오를 때 자기 대사와 행동, 심지어 결말까지 다 알고 있지만, 무대 위에서는 전혀 모르는 것처럼 행동할 수밖에 없잖아. 정말 절묘한 비유지?"

"하나도 안 절묘하거든?" 진수가 말했다. "지난번 8월 5일엔 우리가 이렇게 만나지를 않았다고요. 이건 대본에 없는 거라고!"

"앗, 그러네. 그럼 우리 경우엔 즉흥극인 거야."

"갖다 붙이기는."

"아니야, 진짜 그런 게 있단 말이야. 내가 아는 언니가 대학로에서 즉흥극을 연출하는데, 그 언니 작업이 딱 그딴 식이야. 대강의 흐름과 결론만 정해 놓고 나머진 배우들이 그날그날 알아서 하는 거지. 어때, 이제 정리가 좀 되는 것 같지?"

뭔가 말이 되는 것 같기도 하고 또 터무니없는 것 같기도 했다. 그러나 한 가지만은 분명했다. 시간이 이런 식으로 계속 흘러간다면, 아버지의 장례도 다시 치러야 할 터였다.

5

첫날의 흥분은 금세 가셨다. 현실은 영화가 아니기 때문이었다. 매일매일을 새날이구나, 정말 모든 게 새롭구나, 하며 맞는 게 아니듯이, 한번 겪은 과거 역시도 지난번 그날이구나, 정말 모든 게 똑같구나, 하며 맞는 게 아니었다. 여느 날과 다름없이 관성에 이끌릴 뿐이었다. 게다가 원해서 얻은 것도 아니고 억지로 떠안은 시간이 아닌가. 위안이라면 월요일이 목요일로 바뀐 덕분에 주말이 앞당겨졌다는 것 정도였는데, 그마저도 큰 위안은 아니었다. 자신들 앞에 놓인, 아니 자신들이 이미 겪어낸 일들이 그리 녹록한 것이 아니기 때문이었다.

진태는 다시 한번 아내와 이혼 논쟁을 벌여야 했다. 거의 매일 저녁이었다. 물론 그는 아내의 무기, 즉 그녀의 입에서 흘러나올 항변들을 대략 기억하고 있었고, 끝내는 그녀가 이르게 될 결론이 무엇인지도 잘 알고 있었다. 그래서 꽤 영민하게 대처했다고 생각했는데, 결과는 더 안 좋았다.

"너도 곧 받아들이게 될 거야."

"그걸 당신이 어떻게 알아요?"

"하여간 알아."

"처음이네요. 당신이 이렇게 확신에 찬 모습."

아내가 더 미워졌다. 나이는 두 살이 어렸지만 늘 점잖게 가르치려 들었다. 꼬박꼬박 존댓말을 하는 것도 그랬다. 서로 존중하게 될 거라면서 아내가 신혼여행 첫날 제안한 것이었는데, 진태는 며칠 하다 그만뒀지만 아내는 벌써 7년째 존댓말을 고수하고 있었다. 어쨌거나 그런 아내의 노력은 절반의 성공을 거뒀다. 존중을 넘어 아내가 존경스럽기까지 했으니까. 하지만 그 때문에 더더욱 피해의식이 쌓였고 동시에 정이 떨어졌다.

"그만하자, 오늘은." 진태가 깊게 한숨을 내쉬었다.

"또 도망치는 건가요? 항상 그랬어요, 당신은. 결국엔 제 입에서 먼저 끝내자는 말이 나오기를 기다리는 거잖아요. 불쑥 본심만 던져놓으면 자기 할 일은 다 했다고 생각하는 건가요?"

"넌 행복하니? 지금의 우리가?"

"행복하고 불행하고를 판단하는 건 어렵지 않아요. 심지어 말 못 하는 동물들도 그쯤은 구분해요. 그치만 그걸 알아도 말하지 않는 것, 그것도 내 일부라 생각하고 삶을 받아들이는

48

것, 그래서 인간인 거 아닌가요? 그래서 가족이고, 그래서 함께할 수 있는 거 아니냐고요."

항상 이런 식이었다. 어른이 아이를 타이르듯 교과서적 정답만을 말하는. 제 말이 옳으면 듣는 사람의 감정 따윈 안중에 없는 것이다.

"질린다, 너. 그냥 빽 소리라도 지르고 욕을 해! 차라리 그게 더 인간다워!"

제풀에 성질이 뻗친 진태는 주먹을 쥐고 벽 쪽으로 몸을 틀었다. 그것이 바로 자학의 특성이었다. 폭발적인 감정 분출과 극심한 고통, 잇따르는 절절한 후회. 그런 카타르시스는 한번 맛보면 벗어나기가 어려웠다.

하지만 진태는 용케 참아냈다. "좀 어설프게 치셨나 봐요?" 의사 놈의 도발은 매우 유효 적절했던 것이다.

대신 술로 위안받기로 했다. 마트에 가서 시바스리갈 한 병을 사기로 마음먹고 씩씩대며 현관으로 향했다. 그러고는 신발을 신다 휘청하며 중심을 잃었고, 왼손을 짚으며 엉성한 착지, "악!" 소리 내며 손목을 움켜쥐었다.

＊

지난 일주일은 진수에게도 매우 힘겨운 시간이었다. 댄스

클럽에 등을 돌릴 수가 없어서였다. 막내를 졸라 이미 6개월 치 회비를 선납한 상태였고, 무엇보다 하루라도 춤을 추지 않으면 몸이 근질근질했다. 고로, 그녀와의 대면은 피할 수 없는 숙명이었다.

진수는 연습실에 들어설 때마다 그녀의 반질반질한 이마에 낙인을 찍었다. '배신자', '나쁜 년', '뻔뻔한 년', '불여시', '암캐'.

그러나 하루아침에 태도를 바꾸기란 불가능했다. 그녀가 항상 예쁘게 웃는 얼굴로 그를 대하기 때문이었다. 일부러 발을 밟아보기도 했다. 그녀가 몸을 뒤로 휙 젖힐 때 붙잡고 있던 손을 놓아버리기까지 했다. 하지만 그녀의 미소는 사라지지 않았다. 그녀는 벌떡 일어나 진수에게 몸을 밀착시켰다. "괜찮아요. 자, 다시 한번!"

블루스를 출 때가 가장 고역이었다. 품위는 품위대로, 박자는 박자대로, 그녀는 무엇 하나 놓치는 법이 없었다. 그 매혹적인 리드에 적당히 몸을 맡기고 있노라면, 때로는 거짓 사랑에 심취하고 있는 자신을 발견하고 깊은 허무에 빠져들었다. 아아, 당신이 이렇게 아름답지만 않았던들 강물에 몸을 던지진 않았을 텐데!

진수는 지난 7년간의 세월을 돌이켜보았다. 너는 백수다! 잉여 인간이다! 쓰레기다! 형은 볼 때마다 그런 서운한 말을 툭툭 내뱉었다. 하지만 그건 아무것도 모르는 소리였다. 어머니 돌아가시고 나서 집안 살림을 대체 누가 했다고 생각하는 건지, 자기가 매달 부쳐준 그 알량한 20만 원으로 파출부라도 고용한 줄 아는 모양이었다.

막내는 그때 대학교 신입생이었다. 청소는 각자 알아서 했지만 밥하고 빨래하는 건 그의 몫이었다. 아르바이트할 시간이 어디 있는가, 아침저녁으로 아버지 밥상을 차리고 막내가 벗어 던진 옷들을 주워다 빨면 하루가 얼마나 금방 가는지 몰랐다. 나는 라면이 좋다, 아버지가 그렇게 말했어도 그는 일주일에 세 번 이상은 라면을 끓이지 않았다. 마을 부녀회가 김치 담그는 날이면 그거 두 포기 얻어 오려고 하루 종일 아줌마들 사이에서 무를 썰고 배추를 절였고, 노인복지관에서 인절미 나눔 행사를 하면 냉큼 가서 떡메질을 해주고 봉지 가득 떡을 얻어왔다. 형이 바라는 기준엔 턱없이 부족하겠지만 그것도 나름의 희생이었고, 특별히 뭘 바라지 않은 덕분에 그럭저럭 버텨낸 삶이었다.

그런데 3년째가 되었을 때였다. 어느 날부턴가 정체 모를 답답함이 느껴졌다. 물론 자괴감 따위는 아니었다. 뭐랄까, 이런 삶에도 한 줄기 빛과 같은 열정쯤은 있지 않겠는가, 누군가 불쑥 찾아와 그걸 한 숟갈 떠먹여 주지 않겠는가, 그런 기대 비슷한 감정을 품은 것이었다.

그게 1년이 되고 2년이 되고, 또 3년이 되고 4년이 되고…… 기다림이 너무 길어 이제 텄나보다 슬슬 포기하려던 그때, 막내 생일선물을 주려고 인형 뽑기에서 립스틱을 낚고 있던 바로 그때, "혹시 춤을 배워볼 생각 없어요?" 그녀가 손을 내밀어준 것이었다. 그 사뿐한 스텝으로 진수를 세상 밖으로, 춤의 세계로, 예술혼의 무아지경으로 인도해 준 것이었다. 그녀는 신의 전령, 그만의 헤르메스였다.

진수는 여섯 박자 다이아몬드 스텝으로 플로어를 돌면서 그녀의 찰떡같은 눈빛을 바라보았다.

"퀵 퀵 퀵앤퀵 퀵 퀵. 잘하고 있어요, 진수 씨." 그녀가 속삭였다.

그래, 거두자! 의심을 거두자! 이 기막힌 반복은 우주적 시행착오의 수정이 아니고 또 무엇이겠는가!

*

해민은 좀 다르게 행동해 보기로 했다. 지난번의 오늘은 웹툰 사무실에 나가지 않았지만, 이번의 오늘은 나가보기로 한 것이다.

어젯밤 그녀는 새로운 아이템이 떠올라 밤새 파일럿 에피소드 한 편을 그렸다. 소행성에서 백금을 캐는 데 투입된 수컷

안드로이드들의 사랑 이야기인데, 얼마든지 하렘물로 확장이 가능할 것 같았다. 작가들한테 조언도 구하고 겸사겸사 언니 얼굴도 볼 생각이었다.

해민이 조용히 사무실 문을 열고 들어서자, 작업실로 쓰고 있는 회의실에서 동료 작가들이 수군거리는 소리가 들렸다.

"제 얘기가 그 얘기예요. 왜 그런 걸 올려서 우리 이미지까지 흐리는 거냐고. 그리고 제목이 〈우주 게이〉가 뭡니까?"

"지지난 주에 올린 거 봤어요? 데브린가 뭔가에 맞아서 우주선에 산소가 막 빠져나가고 있는데, 주인공이 키스하자고 덤비다가 뺨을 맞잖아요? 그게 웃으라는 걸까요, 울라는 걸까요?"

"조회 수가 한 자릿수예요. 4주 연속."

"그걸 또 체크해 봤어요?"

"언제까지 버티나 보려고, 헤헤."

그랬다. 해민도 뻘쭘할 때가 한두 번이 아니었다. 언니의 입장은 그렇다 치더라도 스스로도 의문이 들었었다. 내가 왜 이런 눈칫밥을 먹으며 여기서 버티고 있는 거지?

사실 해민은 처음 선배 언니를 알았을 때부터 은근한 반감을 느꼈다. 그녀의 꾸며낸 당당함, 명쾌하지만 속 빈 논리, 겹겹이 클리셰에 불과한 비전, 간단히 말해 재수가 없었다. 그때문인지 괜히 언니를 이기고 싶다는, 보란 듯이 기를 확 꺾어놓고 싶다는 욕구가 일었다. 언니가 사무실에 나와 같이 일해 보자고 했을 때, BL을 그려보라는 터무니없는 제안을 했을 때 덥석 오케이를 해버린 것도 바로 그런 승부욕이라고 생각했었다.

그러나 뒤늦게 깨달았다. 심장이 뛴다는 것을. 그것은 전의에 불타는 아드레날린의 솟구침이 아니었다. 순수한, 그야말로 순수한 심장의 두근거림이었다. 언니를 바라보면 늘 가슴이 부풀어 올랐고, 의식적으로 가라앉히기 무섭게 다시 부풀어 올랐다. 이걸 설명할 수 있는 단어는 세상에 단 하나뿐이었다. 식상하지만 어쩔 수가 없었다. 그것은 사랑이었다.

"혹시 대표님이랑 걔랑…… 뭐 그런 건가요?"

해민은 귀가 솔깃했다.

"에이, 아니에요. 학교 후배라 그랬잖아요."

"후배라도 그렇죠. SF도 소외 장르라서 배려하는 거다, 그게 말이나 돼요? 다른 이유가 있지 않고서야."

"에이, 걔가 그린 거 보면 몰라요? 걔 아무것도 몰라요. 그쪽 아니에요."

그러고는 한바탕 웃음이 터졌고, 해민은 조용히 문을 닫고 사무실을 나왔다.

*

　아내와 멀찍이 떨어져 누운 진태는 눈을 꼭 감고 잠이 오길 기다렸다. 찝찝한 생각들이 자신을 괴롭힐 수 없도록 의식의 문을 빨리 닫아버리고만 싶었다.

　며칠 전 그는 두 번째로 손목 수술을 받으면서 극심한 공포를 경험했다. 첫 번째 수술에서 느낀 엄청난 통증이 아직 기억에 남은 탓에, 의료용 드릴이 손목을 파고들기도 전에 "아악!" 하고 비명을 내지르고 말았다. 자신에게 돌아올 고통과 불행을 미리 안다는 것은, 세상 그 무엇보다 잔인한 일이었다.

　다가올 일 중엔 기쁘고 즐거운 것이 하나도 없었다. 지긋지긋한 이혼 논쟁을 계속 해야 할 테고, 구조 조정의 타깃이 되지 않도록 과장의 레이더망을 끊임없이 피해 다녀야 할 테고, 저 혼자 만든 지옥 구덩이 속으로 투신하는 진수의 병신 꼴을 또 봐야 할지 모르고, 막내는……. 진태는 해민의 커밍아웃 장면을 떠올렸다. 정말 생각할수록 어이가 없었다. 정체성 그게 뭐 대단한 거라고 싱글벙글, 너무 오냐오냐 키웠던 거야!

　진태는 새삼 아버지 어머니가 원망스러웠다. 만약 나한테도 오냐오냐해 주셨다면 얼마나 좋았을까? 막내처럼 게이가 되진 않았을 것이다. 대신에 뭔가 더 자유로운 꿈을 꾸었을 것이다. 최소한 지금보다는 훨씬 나은 사람이 됐을 것이다.

어린 시절부터 진태가 받은 평가는 주로 이런 것들이었다. 성실하다, 꾸준하다, 깔끔하다, 반듯하다. 분명 나쁜 말들은 아니었지만 그런 얘기를 듣고 있을 때면 기분이 썩 좋지 않았다. 자신이 제법 괜찮은 사람이라는 생각은 들어도 뭔가 특별한 사람이라는 생각은 들지 않았던 것이다.

진태는 한때 배우가 되고 싶었다. 그의 외모는 꽤 준수한 편이었다. 장동건이나 원빈 정도는 아니지만 거울을 볼 때마다 자주 나르시시즘에 빠지고는 했다. 고등학교 때 제일 친한 친구에게 그 꿈에 대해 털어놓은 적이 있었다.

"나 배우가 되고 싶어."

"지랄!"

친구는 배꼽을 잡았다. 진태도 그때 같이 웃긴 했지만 속은 씁쓸했다. 초등학생 때부터니까 10년이 넘은 우정이었다. 그 후로는 아무에게도 그 꿈에 대해 말하지 않았다.

이왕 과거로 갈 거라면 막내가 말한 소설처럼 한 10년쯤 전으로 갔으면 좋았을 텐데…… 그러면 분명 다른 인생을 살았을 텐데…… 또 누가 아나? 진짜 배우가 됐을지도…….

정신이 아득해지며 잠이 오기 시작했다. 진태는 눈을 더 꼭 감고 도로시처럼 소곤소곤 주문을 외웠다.

"그래. 내일 눈을 뜨면 나는 10년 전으로 돌아가 있는 거야……. 10년 전으로…… 10년 전으로…….

6

그런 일은 일어나지 않았다. 다른 듯 같고 두 배쯤은 더 길게 느껴지는 반복의 시간일 뿐이었다.

다시 돌아온 8월 19일 아침, 진태는 칠레 광부들의 안타까운 처지에 눈물짓던 아내로부터 또 한 번 이혼의 의지를 확인했다. "당신 말이 맞아요……. 우리 이혼해요." 그리고 회사에 나가서는 연신 볼펜을 딸깍거리다 과장의 호출을 받았고, "지난번 회의 때 얘기했던……." "제가 병원에 가봐야 돼서요." 과장의 말을 반 토막 내놓고 사무실을 빠져나왔다.

물론 과장의 비위를 맞출 수도 있었다. 그런 서운한 말씀은 마십시오. 저는 이 회사에 뼈를 묻을 생각입니다! 그렇게 입장을 분명히 해둘 수도 있었다. 아니면 적어도 아버지 병원에 가는 대신 시원한 카페에 앉아 시간을 죽일 수는 있었을 것이다. 하지만 만사가 다 귀찮았다. 괜히 서툰 짓을 벌여 일이 더 꼬이면 그때는 또 어쩔 것인가. 진태는 이 무의미한 시간들을 차곡차곡 다시 쌓아 올려 빨리 과거의 영역으로 몰아내고 싶을 뿐이었다.

아버지는 지난번과 똑같아 보였다. 간병인의 말대로 눈가에 촉촉하게 눈물이 맺혀 있었고, 탄력을 잃은 사지는 마른오징어 같았다. 그리고 턱선을 따라 희끗희끗한 수염이 좀 지저분하게 자라 있었다. 어? 이게 지난번에도 이랬었나? 진태는 잠시 기억을 더듬어보다가 그걸 비교하고 있는 자신이 한심해서 피식 웃어버렸다.

진태는 한동안 아버지를 내려다보다가 또 웃음이 났다. 이 얘기를 다시 해야 하나, 했던 것이다. 이미 한 이야기인 동시에 아직 하지 않은 이야기라니.

"아버지, 누워 계시는데 이런 얘길 다시 꺼내게 돼서 정말…… 크흑!" 역시 웃음이 터졌다. 참으려고 목에 힘을 주다 끅끅 간사한 소리까지 새어 나왔다. 얼른 웃음기를 지우고 문장을 마무리 지었다. "아버지, 저 이혼해요."

지난번에 길게 떠들었던 얘기들이 잇따라 떠올랐지만 굳이 재방송을 하기는 좀 그랬다. 언제 또 웃음이 터질지 몰랐다. 어차피 지금의 목적은 대화도 아니고 자기만족도 아니고 단순한 재연에 불과했다. 중요한 얘기는 얼추 전했으니 그걸로 충분하지 않겠는가. 진태는 그냥 적당한 정도의 시간을 침묵

58

으로 흘려보낸 뒤에 커튼을 젖히고 나왔다.

주변의 반응은 지난번보다 훨씬 싸늘했다. 웃음 때문인 것 같았다. 이번엔 후레자식이 아니라 금수만도 못한 놈이 돼버린 건가? 간병인 한 사람은 대놓고 눈을 흘기고 있었다.

진태는 애써 그들의 시선을 외면하며 출입문 쪽으로 걸음을 옮겼다. 그때 핸드폰이 울렸다.

"여보세요?"

한숨이 터졌다. 이 새끼가 또……!

*

자신에게만 두 번째일 뿐 구조대원에겐 그렇지 않은데도 진태는 낯이 뜨거워 얼굴을 들 수가 없었다. 미리 필요한 서류들을 물어 서명하고는 동생 멱살을 틀어쥐고 질질 끌다시피 병원을 나섰다.

"젠장, 믿을 수밖에 없었다고!" 진수가 형을 뿌리치며 소리쳤다. "사랑하는데 어떡해? 사랑은 믿는 거잖아. 기본 중의 기본이잖아!"

"너란 인간은 정말……."

"이번엔 다를 줄 알았어. 설사 똑같은 일이 벌어진다 해도 이미 한번 겪었던 거니까 잘 견딜 줄 알았다고. 근데 아니

었어……. 수치심이라는 건 아무리 반복돼도 줄어들지를 않
아……. 오히려 더 진해지더라니까?"

한 대 치려고 진태가 깁스한 손을 번쩍 쳐들었다. 어제 실밥
을 풀고 통깁스로 바꾼 터라 더 묵직하고 위협적으로 보였다.

"형이랑 나랑 뭐가 다른데?" 진수가 기죽지 않고 눈을 똑바
로 뜨고 대들었다. "욱해서 주먹질하는 거나, 한강에 뛰어드는
거나!"

"첫째! 이번엔 주먹질 때문이 아니었고! 둘째! 그렇게 돼지
고 싶으면 차라리 어디 구석에 짱박혀서 그냥 수면제를 처먹
어, 이 등신아!"

"영화 찍어? 요즘 수면제는 천 알을 먹어도 안 죽어! 뭘 알
고 떠들어!"

주먹 대신 무릎이 솟구쳐 올랐다. 진수가 "억!" 하며 배를
붙잡고 길바닥에 주저앉았다.

"까불지 말고 일어나." 주변을 의식하며 진태가 태연한 척
말했다.

병원 앞을 지나던 사람들이 발길을 멈추고 두 사람을 구
경하고 있었다. 진수가 보란 듯이 벌렁 드러눕자 "어머, 어떡
해!" "경찰에 신고해야 되는 거 아니야?" 웅성대는 소리들이
크게 들렸다.

"너 미쳤어?" 당황한 진태가 진수 옆구리를 발로 툭툭 건드

리며 다그쳤다. "빨리 안 일어나? 응?"

그때 웬 아줌마가 정의롭게 외쳤다. "그만 때려!" 그러자 곁에 있던 남편이 부인을 나무랐다. "이 여자가 겁대가리 없이. 깁스한 거 안 보여? 깡패야, 나서지 마!"

진태는 머릿속에서 뭔가가 뚝 끊어지는 느낌이 들었다. 내가 어쩌다 저런 소리까지……! 기운이 쭉 빠지며 몸이 크게 휘청거렸다. 그러자 또 한 번 정의로운 아줌마의 비웃음 섞인 감탄사가 들려왔다.

"하이고! 쌍방 폭행으로 우기려고 저놈 연기하는 것 좀 봐!"

*

"꼭 전철을 탔어야 했어?" 형을 쫓아가며 진수가 징징거렸다. 그는 이번에도 맨발이었다. "몇 번이나 발을 밟혔는지 알아? 아까는 껌도 밟았다고."

진태는 대꾸하지 않고 씩씩대며 걷기만 했다. 그러다 집 앞 골목으로 들어선 즉시 우뚝 멈춰 섰다. 얼룩무늬 고양이가 또 쓰레기봉투를 파헤치다가 부스럭 몸을 웅크렸기 때문이었다. 다시 보니 아주 삐쩍 말라 있었다.

야옹.

두 사람이 마당으로 들어섰다. 이번엔 막내의 환대가 없었다. 진태가 해민의 방문을 벌컥 열었더니, "아, 뭐야, 노크도 안 하고!" 해민이 화들짝 놀라며 컴퓨터 모니터를 가렸다. 하지만 미처 소리를 줄이지는 못했다. 두 여자는 말 대신 탄성으로 대화하고 있었다. 그리고 방바닥엔 '젠더', '성인지', '동성애' 등의 제목을 단 책들이 어지럽게 흩어져 있었다.

해민이 얼굴이 벌게져서 주절거렸다. "고, 공부야, 일종의."

콰쾅쾅! 지난번과 똑같이 천둥 번개가 하늘에 요동쳤고, 삼남매는 나란히 툇마루에 걸터앉아 쏴 하고 내리는 비를 바라보았다.

마당 한편엔 작은 화단이 있었다. 아버지는 물도 주고 흙도 갈아주고 하면서 나름의 정성을 기울였다. 예쁘지도 않았고 꽃이나 나무의 이름도 몰랐지만 비가 오면 그런대로 운치가 있었다. 최소한 지금처럼 말라비틀어진 흉물은 아니었다.

신기하게도 그들은 또 한 번 같은 생각을 하고 있었고, 나이 순서대로 짧게 한숨을 내쉬었다.

진태는 문득 아버지가 입원하기 전 해피가 집을 나간 게 그나마 다행이라는 생각이 들었다. 아버지는 개를 좋아했다. 개똥을 치우는 것도 밥을 주는 것도 산책을 시키는 것도 모두 아버지의 몫이었다. 마당에 개가 없던 적은 한 번도 없었다. 백구 영심이, 영심이가 낳은 순심이, 밥을 줄 때도 으르렁거리던 멍충이, 그리고 어머니가 돌아가신 후에 제 발로 기어들어 온 업둥이 해피. 아버지는 병원으로 가는 차 안에서 해피를 꼭 찾아보라고 몇 번이나 당부했었다. 삼남매는 "네네." 건성으로 대답했고, 혹시나 들어올까 며칠 대문을 열어놓은 걸 빼고는 별다른 노력을 하지 않았다.

"내일이지?" 해민이 혼잣말처럼 중얼거렸다.

"응." 진수가 친절히 대꾸해 주었다.

"정말 돌아가실까?"

"아마도."

"큰오빠."

"왜."

"깁스 바꿨네?"

"응."

"나 그림 그려도 돼? 예쁜 로봇 두 마리."

진태가 답답한 표정으로 해민을 노려보았다. "지친다, 너도." 그러고는 신발을 신고 툇마루 밑을 살폈다. 역시 우산이 있었다. 펼쳤더니 한쪽이 죽 찢어져 있었다. "아으, 진짜."

"멀쩡한 거 찾아줄게." 진수가 몸을 일으키자, "됐어!" 진태가 짜증을 터뜨리며 성큼성큼 대문으로 향했다.

그런 그의 뒤통수에 대고 해민이 소리쳤다.

"오빠, 내일 봐!"

7

혹시나는 역시나였다. 다음 날 저녁 삼남매는 또 한 번 병원으로부터 연락을 받고 나란히 아버지 병실을 찾았다. 그리고 또 역시나 이곳에 감돌고 있는 침묵이 뭔가 불편했다. 왠지 모르게 떳떳지 못한 기분이랄까?

점점 숨이 거칠어지는 아버지 곁에서 그들의 관심사는 두 가지였다. 정말 지난번과 똑같이 오늘 돌아가실 것인가, 만약 그렇다면 같은 시각에 같은 모습으로 돌아가실 것인가.

삼남매는 서로 번갈아 가며 시계를 쳐다보았다. 초조해 보였다. 남들이 봤다면 제 부모의 죽음보다 뭐 더 급한 일이라도 있어서 그러는 줄 알았을 것이다. 예정된 임종의 시각이 다가오자 삼남매는 긴장을 참지 못하고 서로의 손을 꼭 잡았다.

아버지는 정확한 타이밍에 입을 쩌억 벌리며 마른 하품을 했고, 삼남매는 놀라움과 허탈함 그리고 역시나 하는 탄식을 주고받았다. 하지만 그 때문에 눈물의 타이밍을 완전히 놓쳐

버렸다. 하나같이 엉뚱하게 반응하는 그들을 향해 의문의 시선이 쏟아졌다.

"아빠!"

해민이 눈치 빠르게 아버지를 끌어안았고, 덕분에 진태와 진수도 어렵사리 눈물이 고였다.

*

"아아, 나 이제 눈물도 안 나." 진수가 푸념했다.

"넌 지난번에도 똑같았거든?"

"시끄러워. 손님 들어온다." 해민이 인공눈물을 눈알에 떨어뜨리며 옅은 신음 소리를 냈다.

상황이 이렇게 되고 보니 진태는 미리 상조에 가입해 놓은 진수에게 차라리 고마운 마음이 들었다. 그들의 경건함이 훈련에서 나왔든 인격에서 우러나왔든 혹은 그냥 무표정일 뿐인데 우리가 착각하는 것이든 상관없이, 이것저것 생각하기 싫었던 판에 이래라저래라 가이드해 주는 사람이 있다는 게 얼마나 다행인지 몰랐다. 어찌 보면 이 각박한 세상에 꼭 필요한 시스템이라는 생각까지 들었다. 한물간 배우들이 돈이나 벌자고 광고모델로 나선 건 아닌 모양이었다. 그리고 한 번 가입으로 두 번이나 서비스를 받으니 큰 혜택을 본 것 같은 기분마저 들었다.

삼남매의 주도로 이루어진 것이 있다면 수의와 관과 유골함을 지난번과 똑같이 제일 저렴한 것들로 착착 고른 것뿐이었다. 삼남매는 아주 능동적으로 그들에게 몸을 맡겼다.

물론 한 번의 위기는 있었다. 입관할 때 관을 들어 옮기던 형제는 역시 그 무게가 힘에 부쳤다. 진태의 손에서 관이 미끄러지는 찰나 어느새 뛰어 들어온 해민이 탁, 받쳐 들며 간신히 균형을 유지했다.

"나이스!" 진태가 막내의 센스에 감탄했다.

그때 진수의 다급한 외침이 들렸다. "형!"

그리고 미처 손쓸 사이도 없이 쿵, 하고 관이 떨어졌다.

*

수원으로 돌아온 진태와 진수는 얼른 양주부터 꺼내 와 한 잔씩 마시고 나서 또 한 잔씩을 따랐다.

"캬아, 좋다! 마셔도 마셔도 고스란히 채워지는 양주병! 형, 뭐든지 넣으면 두 배로 뻥튀기돼서 나오는 항아리 있잖아. 그게 콩쥐 팥쥐야, 우렁각시야?"

정답은 '요술항아리'였다. 하지만 진태는 대답해 줄 기분이 아니었다. 단숨에 잔을 비우고 길게 휘발성 한숨을 뱉어냈다.

그러고는 또 잔을 채웠다. 그는 지쳐 있었다. 두 번의 장례를, 원치도 않은 열여드레를 치러낸 피곤이 한꺼번에 몰려오는 듯했다.

한편 해민은 다락방에 올라와 있었다. 그녀는 복잡하게 쌓여 있는 물건들 사이로 아슬아슬 발을 내디디며 턴테이블 쪽으로 다가갔다.

"오빠들 아마 까무러칠 거야, 히히."

그 순간 시커멓고 윤기 나는 뭔가가 해민의 발을 스쳐 지나갔다.

"꺄악!" 소스라치며 몸을 버둥거렸다. 그 바람에 주변의 물건들이 와르르 허물어졌고, 맨 밑바닥에 깔려 있던 갈색 종이상자가 그녀의 눈길을 끌었다.

해민이 종이상자를 들고 마루로 나오자, "안 돼!" 오빠들이 동시에 비명을 내질렀다.

"이건 자라가 아니라 솥뚜껑이라고요."

해민이 까르르 웃으며 마룻바닥에 상자를 내려놓았다. 그리고 그 안에서 두툼한 노트 다섯 권과 서류 봉투 하나를 꺼냈다. 노트들 겉표지엔 한자로 '暝想錄'이라고 적혀 있었다.

"이게 뭐라고 쓴 거야?"

"명상록, 이 무식한 놈아."

"아빠 일기장!"

해민이 노트 한 권을 펼쳤다. 일기가 쓰인 연도를 보니 아버지가 대학생 때였다.

"스물한 살의 아빠! 히히."

"하여튼 이 양반도 참. 기껏 하루를 보낸 거면서 뭔 할 얘기가 이렇게 많았대?" 진수가 못 말린다는 듯 고개를 젓고는 서류 봉투를 열어 보았다.

그 안에는 가위로 오려낸 신문 조각들과 지인들로부터 받은 편지 10여 통이 들어 있었다. 신문은 주로 대학신문이었고 간혹 지방 일간지도 끼어 있었다. 진수가 그중 하나를 집어 눈으로 훑었다.

"잘 들어봐. 생의 허덕임!"

저 멀리 울려오는 아우성
귀를 막으려무나 홍진의 먼지들이여
울다 웃고
웃다 우는
희비의 아우성
내 너를 싫다기엔 익지 않았고
받아들이기엔 더욱 덜 익어
미풍에 너를 띄워
끝없는 광야로 날게 하리라.

언젠가 너를 찾는 가인이 있으면

기나긴 여행을 마칠 것이다.

돌아와 찾지 마라

너를 찾는 먼지들은

몰래 너를 따라

아우성 따라

산산이 부서지고

또한 날려서

지금은 찾지 못할 흙이 되었소.

"자, 문제 나갑니다. 이건 누가 쓴 시일까요?"

"설마, 아빠?"

"딩동댕!"

"뻥치지 마!"

"진짜라니까, 봐봐."

사실이었다. 신문에 시를 기고한 사람은 '유종철', 아버지의 이름이었다.

"우와, 진짜다, 진짜! 큰오빠, 이거 봐봐."

진태는 흘끔 한번 쳐다보고 나서 다시 잔을 비웠다. 그리고 벌렁 드러누워서는 오른팔을 얹어 눈을 가렸다. 그의 머릿속은 이미 자신의 문제만으로도 충분히 복잡했고, 아버지의 낭만을 들여놓을 자리는 없었다.

　또 왜 저런데? 진수와 해민이 서로 눈길을 교환하고는 어깨를 으쓱했다.

　"오케이, 이제 내 차례야."

　해민이 아버지의 일기장을 펼쳐 들었다.

8

첫 페이지는 1965년 10월 6일, 다짐으로 시작했다.

　금주 금연을 하면서!
　이 금주 금연은 영원한 금주 금연이 아니며 나의 자립 시기
까지이다. 그리고 타인이 들으면 웃을지 모르나 이것엔 약간의
예외가 따른다.

　A. 단체적인 행동 시
　B. 친우나 기타 손님의 방문 시, 혹은 방문할 시
　C. 6개월 이상 헤어졌다 만난 친우의 권유
　D. 초면의 장소에서

그러고 나서 다음 페이지, 사흘 뒤 일기에는 이렇게 쓰여 있
었다.

만년필이 주점에 잡혀 있기에 할 수 없이 붉은 색연필로 금일의 행위를 적는다. 등록금의 일부를 써가면서 친우와 밤늦게까지 술을 마시고 놀다가 막상 집에 들어와 생각하니, 나 자신의 행동이 말이 아니다. 양심의 가책이 된다. 불효임에 틀림없다.

허나 불가피한 사정이 있었다. 친우가 미국 유학을 떠나기 위해 앞당겨 군에 입대할 예정인 것이다. 친우는 내게도 유학 수속을 밟아주겠다고 하지만 내 어찌 그럴 수 있느냐? 하늘의 별 따기와 같다. 지금 내게는 대학을 마치느냐 못 마치느냐가 문제이지 않은가.

밤이 깊으니 술에 취한 친우는 잠을 자고 있구나! 나도 자야지! 이런 밤이 일생에 몇 번이나 있겠는가? 이 밤도 즐겁게 보내자. 친우의 목적 달성과 행운을 빌며, 또 나의 장래에도 마찬가지 행운이 있기를 빌며 금일의 소행을 적는다. 취중에 기록!

"푸헤헤헤! 아빠 귀엽다, 그치?"

"어처구니가 없네, 진짜. 자기도 작심삼일이었으면서. 너 그거 아냐? 내가 처음 회초리 맞았을 때, 그거 방학 때 생활 계획표대로 안 한다고 맞은 거잖아. 그리고 반성문으로 '자신과의 약속을 지키자!' 내가 그거 백 번 썼거든?"

"나도 썼었어, 오빠."

"진짜? 회초리도 맞았어?"

"아니." 해민이 얄밉게 고개를 흔들었다. "반성문 다 썼더니 아빠가 아이스크림 사 줬어."

"아, 그래?" 좀 서운했는지 진수가 입을 쩝쩝거렸다.

해민은 계속 읽어나갔다.

대학 시절의 아버지는 엄청나게 생각이 많은 사람인 듯했다. 어쩌면 그 시절엔 '나는 누구인가', '인생은 무엇인가' 하는 식이 사유가 유행이었는지도 몰랐다. 아버지는 정치, 교육, 철학, 문학, 영화 등등 주제에 상관없이 자신의 여물지 않은 생각들을 두세 페이지씩 늘어놓기도 했고, 또 어떤 때는 사춘기 소녀처럼 떨어지는 낙엽을 보며 인생의 의미를 깨닫기도 했다.

푸르던 그 잎들도 이젠 한 조각 꿈으로 변하고서 쓸쓸한 지상에 내려지고 말았다. 시간이 흐르는 것이 아니라 그저 모든 물체가 변화하는 것이란 말이 나올 법도 하다. 말이 없는 자연이고 보니 그 뜻을 물을 수도 없구나!

떨어진 잎들은 썩어서 거름이 되어 그들의 고향으로 다시 돌아들 간다. 그러나 인간은 한번 떨어지면 그만이다. 불교에서 말하는 삼생이 있으나 그건 그때 가서 알게 되는 것이고, 지금 우리들로서는 죽음은 영원한 죽음을 의미한다. 다만 생존 시에 얼마나 많은 행복을 누렸는가 하는 것으로 위안을 얻을 뿐이다.

뜻있는 인간들이 떨어진 수많은 잎들 중 하나를 주워 모으듯, 우리가 행한 모든 언어나 책들은 후에 그 누가 모을지 모른다. 인간은 그런 식으로 거름이 되어 돌아가는 것인지도 모른다. 그들을 위해서 잘 사고하고 신중히 행하자.

아! 말없이 슬퍼하는 낙엽들을 무정한 인간들이 마구 밟누나!

"아빠 말이 맞네. 우리가 지금 이렇게 아빠의 언어를 주워 모으고 있잖아, 히히."

그때였다. 진태가 벌떡 일어나 앉았다. "야, 덮어."

"왜? 한창 재밌는데."

"남의 일기를 왜 봐?"

"아빠가 남이야?"

"가족이니까 더더욱 보지 말아야지. 내가 네 일기장 훔쳐보면 좋겠어?"

아버지의 프라이버시를 지켜주려는 의도는 요만큼도 없었다. 단지 듣기가 싫었다. 위선적이라는 생각이 들어서였다. 아버지의 사유들은 모두 근사했지만 그것이 아버지가 실제로 근사한 사람이었음을 말해 주는 것은 아니었다. 오히려 의식적으로 그렇게 보이고 싶어 하는 듯한, 스스로에게 최면을 걸고 있는 듯한 느낌이 들었다.

진태가 아홉 살 때의 일이었다. 아버지는 진태와 이웃에 사는 진태의 친구를 데리고 프로야구 경기를 보러 갔었다. 그날 아버지는 파울볼을 잡았다. 바닥에 튕겨 오른 것도 아니고 날아오던 것을 그대로 맨손으로 잡았다. 멋져 보였다. 그런데 아버지는 그 공을 함께 데려갔던 진태의 친구에게 주었다. 친구가 행복해하는 모습을 보며 차마 인상을 쓸 수는 없었지만, 진태는 집에 돌아오자마자 엄청나게 울었다. 설움이 북받쳤다. 그래서 아버지에게 항의했더니 아버지는 오히려 진태를 혼냈다.

"걔는 아버지가 안 계시잖아. 친군데 그것도 이해를 못 해?"

억울했다. 친구 아버지가 돌아가신 거면 말도 안 한다. 걔 아버지는 그때 사우디아라비아에서 달러를 벌고 있었다. 모르긴 몰라도 아버지보다 몇 배는 더 벌었을 것이다. 그렇다고 걔 아버지가 영광의 귀국길에 진태 선물을 사 올 것 같은가? 천만에, 아니 만만에 콩떡이었다.

만약 그 공을 진태에게 주었더라면 그는 지금보다 훨씬 더 아버지를 존경하고 사랑했을 것이다. 인생은 그런 것이었다. 학교 내신에서는 중간고사, 기말고사가 중요할지 몰라도, 인생에서는 그때그때의 쪽지 시험이 가장 강렬하게 자리매김하는 법이다. 아버지는 그렇게 자신의 고상한 의도와 자식의 행복을 맞바꾸었다. 그리고 진태는 평소 벽돌 한두 장씩 쌓던 아버지와의 벽을 그날 하루 만에 가슴높이까지 쌓아 올렸다. 그 뒤로는 야구 중계를 볼 때마다 그 일이 떠올랐고, WBC나 올림픽 같은 국가대표급 경기가 아니면 웬만해선 야구 중계를 보지 않았다. 심지어는 그 친구 녀석의 이름조차 기억에서 지워버렸다.

"계속 읽을 거야?" 진태가 시험하듯 물었다.

"응." 해민도 한 고집 하는 성격이었다.

진태가 한숨을 내쉬었다. "맘대로 해라, 그럼." 다시 드러눕더니 아예 등을 돌렸다.

그래도 신경은 쓰였는지 해민이 아랫입술을 삐죽 내밀고 진수를 쳐다보았다. 어쩌지?

진수는 짧게 두 번 고개를 끄덕인 뒤에 길게 한 번 턱짓을 했다. 이런 의미였다. 괜찮아. 신경 쓰지 말고 읽어.

"큰오빠, 읽는다?"

대답이 없었다. 진수가 다시 한번 길게 턱짓을 했다.

1965년 11월 27일, 서울에 첫눈이 내렸다. 아버지는 그 첫눈을 바라보며 낭만과 가난을 떠올렸다. 낭만은 어릴 적 추억들로부터 불러들인 것이었고, 가난은 다가올 추위와 먹고 입을 것에 대한 불안에서 비롯된 것이었다. 그때부터 대학 2학년으로 접어드는 1966년 1월까지 아버지는 깊은 회의에 빠져 지냈다.

사남매 중 막내인 아버지는 늘 가족들로부터 "너는 철이 없다.""인간이 되어 먹지를 못했다."라는 식의 욕을 들어왔다고 했다. 그러면서도 가족들은 서울에서 대학을 다니는 아버지에게 상당한 기대, 즉 출세를 바라고 있었고, 아버지는 그걸 당연하다 여기면서도 속으론 화가 났다. 그들의 뻔뻔한 태도 때문이 아니었다. 아버지가 생각하는 출세의 필수 조건은 좋은 두뇌와 이를 뒷받침해 줄 경제적 여건, 이렇게 두 가지였는데, 아버지는 그 두 가지 모두를 가족들로부터 물려받지 못했기 때문이었다. 결국 아버지가 출세하기 위해서는 한 가지 방법뿐이었다. 피눈물 나는 노력. '어찌하여 신은 내게 노력만을 강요하는 것일까?' 그것이 모든 회의의 주제이자 결론이었다.

진수와 해민도 할아버지 할머니가 가난했다는 얘기는 몇 번 들은 적이 있었다. 하지만 그 당시 정말 찢어지게 가난했던 것인지 아니면 아버지가 괜히 죽는소리를 하는 것인지는 조금 헷갈렸다. 왠지 후자 쪽으로 무게가 실렸다. 서울에서 나고 자란 부잣집 친구들을 보면서 상대적으로 괴리감을 느껴 그런 게 아닐까 싶었다.

두 사람의 관심을 끈 것은 오히려 아버지의 '나쁜 두뇌' 쪽이었다. 아버지는 고등학교 2학년 때 측정한 자신의 아이큐를 그 근거로 들었다. 해민은 "우와, 그때도 아이큐 검사가 있었다니!" 하며 신기해했고, 진수는 아버지의 아이큐가 89였다는 사실에 "뭐야, 나보다도 밑이잖아?" 실망감과 안도감을 동시에 느꼈다.

아버지는 천지신명, 하나님, 부처님 온갖 것들에게 조언을 구하며 답답해했지만, 그 고민들은 어찌 보면 아주 단순해 보였다. 공부를 해야 하는데 놀고는 싶고, 막상 놀자니 돈이 없고, 돈이 없으니 차라리 공부라도 열심히 해야 하는데 그게 마음처럼 되지를 않았던 것이다. 매번 나는 불효를 하고 있다, 머리가 나쁘다, 의지 부족이다, 라는 식으로 결론 내렸지만, 실상은 내면에 어떤 부재를 느끼고 있었다.

그리고 2학년을 맞이하기 전 한 달간을 시골집에 내려가 있으면서, 마침내 아버지는 그 부재가 무엇이었는지를 깨닫게 되었다.

뜨거운 사랑을 한번 해보고 싶다!
청운의 꿈을 품고 향학에 불타 서울로 유학까지 갔건만 메마른 사랑은 나의 정신을 빈약하게 만든다. 현재의 모든 면으로 봐서 나에겐 사랑이 존재할 수 없는 처지이나 동하는 마음을 진정할 수가 없다. 친우들은 정말인지 거짓인지 내게 로맨틱한 얘기를 한다. 나는 그것을 들을 때 태연하게 곧잘 잘잘못을 얘기하며 논평도 하지만 속으로는 그들이 부럽기만 하다. 모든 것이 나와는 거리가 먼 것을 느끼고 체념하는 것이다.

나는 사랑이 무엇인지 모른다. 키스가 무엇인지조차 모른다. 좀 알고 있다면 책을 통해서나 주위 인간들의 경험담을 듣고서일 것이다. "구하여 오는 사랑도 좋지만 이보다 더욱 좋은 것은 구하지 않아도 저절로 찾아오는 사랑이다!"라는 말도 있으나, 그저 나 같은 사람을 위로하기 위해 나온 말은 아닌지…….

마지막 문장은 『데미안』에서 따온 것 같았다. 고향으로 내려간 첫날의 일기에, 버스 안에서 독일 작가의 책을 아주 감명 깊게 읽었다고 적혀 있었다. 아버지는 『데미안』의 주인공 싱클레어에 버금가게 정말 처절할 정도로 사랑을 갈망하기 시작했다.

오! 님이여! 존경하고 사랑하는 그대여! 지금 어디에 있나이까? 무엇을 하나이까? 무얼 생각하나이까?

쉬이 오는 것은 쉬이 간다는 격언을 위안 삼아 금일도 내일도 또 내일도 그대를 기다려야만 합니까? 가로막은 공기를 탓

하지 맙시다! 우리는 다 같은 사랑의 노예가 아니오!

　타락과 고행과 비애의 길을 걷지 않도록 하루빨리! 한시바빠! 1초가 급하게! 나에게 안겨주십시오!

　밑도 끝도 없이 몸이 단 아버지는 방학 기간을 다 채우지도 않고 서울로 올라왔고, 그 사랑의 갈증은 더욱 맹렬하고 자유분방하게 표출되기 시작했다. 읽고 있던 해민도 민망했던지 이제는 웃음기도 사라지고 얼굴이 점점 붉어져만 갔다.

　그러던 해민이 갑자기 낭독을 멈췄다. "뭐지, 이건?"

　66년 4월 중순부터 노트의 삼분의 일 가량이 종이로 덧대어 봉인되어 있었다. 봉인된 종이에는 마치 엄청난 비밀이 담겨 있는 것처럼 떡하니 도장까지 찍혀 있었다.

　호기심이 인 해민은 주저 없이 봉인을 뜯어내고 그 내용을 훑어내렸다. 그리고 곧바로 눈이 똥그래졌다.

　"오빠들, 이거 대박이다!"

9

드디어 허상이 아닌 물리적 실체가 나타난 것이었다. 봉인된 페이지들엔 아버지가 그녀를 떠올리며 적은 글들이 빽빽하게 채워져 있었고, 각 페이지의 첫 줄은 편지글처럼 그녀의 성을 넣은 호칭으로 장식돼 있었다.

"디어 미스 박. 푸하하하! 그때는 이렇게 불렀나 봐. 같은 과 친구인데도."

Dear Miss Park

금일도 나는 그대의 웃는 모습을 보았습니다. 살며시 웃는 그 웃음은 나를 마냥 매혹케 하였습니다. 무겁지 않은, 그러나 결코 가볍지도 않은 그대가 나는 진정코 마음에 들었습니다.

몇몇 여자 친우들을 내 지금도 존경하고 있읍니다만, 그들을 향해선 추호의 열정도 일지를 않읍니다. 오로지 차가운 이성의 작용만이 일어날 뿐입니다.

만약 이 시각 나에게 그대 생각이 없었더라면 나는 어떤 생각을 하였겠읍니까? 인생의 허무함에 슬퍼 눈물을 흘리고 있는지, 아니면 머나먼 동경의 세계로 달리고 있을는지.

이렇게 삶에 허덕이다가도 언제 어떻게 레테의 강을 건널지 모르는 우리네 인생을 생각하면, 이 시각! 그대를 생각하는 이 시각이 얼마나 귀중한지!

아버지는 그녀에게 흠뻑 빠져 있었다. 하루는 미스 박 때문에 살고 하루는 미스 박 때문에 죽어가고 있었다.

"아아, 둘의 결합은 천지가 진동할지로다! 무엇이 두려우리, 청춘의 나아가는 길! 사랑을 위하여 죽는 사람이 있기도 하지만 우리는 죽지 맙시다! 죽으면 더욱더 사랑할 수가 없기 때문에! 캬하!"

"둘이 완전 죽고 못 살았나 보네."

"셰익스피어의 생일은 4월 23일! 우리의 시작도 4월 23일!" 해민이 낄낄거리며 페이지를 넘겼다. "어라? 디어 미스 김?"

"뭔 소리야?"

"아니, 아까 일기는 디어 미스 박인데, 이틀 지난 지금은 디어 미스 김이야."

Dear Miss Kim

나는 그대의 모습을 보기 위해 오늘도 가고 싶지 않은 학교를 나갔읍니다. 만나서는 말도 하지 않으면서 집에 와 이렇게 그리워하는 것은 역시나 제가 대장부가 아니라는 것을 말해 주겠지요. 세상을 지배하는 것은 남자요, 남자를 지배하는 것은 여자란 말이 새삼스럽게 와닿읍니다.

Miss Kim! 그대는 진정 누구의 꽃입니까? 그대를, 어떻게 하면 그대를 소유할 수 있을까요?

용서하십시오! 언론의 자유가 있다고, 듣지 않고 보지 않는다고 제 맘대로 뇌까려 보는 것입니다. 인간은 정말 최악의 동물입니다. 좋은 것은 다 가지고 싶고 그러지 못할 때에는 절망을 느끼지요. 아아! 가슴이 벅차올라 더 쓰지를 못하겠읍니다. 이 밤도 안녕!

"이게 뭐 하는 수작이야?" 진수가 불쾌한 듯 표정을 일그러뜨렸다.

"우리 아빠 바람둥이였나 봐. 완전 멋지다!"

"세상에서 제일 나쁜 게 양다리야! 와아, 실망이네, 우리 아부지."

그 겨울 아버지 홀로 증폭시켰던 사랑의 갈증은 그 농도가 너무 진했던 나머지 한 사람만으로는 해갈이 되지 않는 듯했다. 자주는 아니어도 미스 김은 제법 심심치 않게 등장했다.

그리고 몇 페이지를 넘기자, 어떻게 입수한 것인지 두 사람의 증명사진이 곱게 꽂혀 있었다. 사진 뒷면이 깔끔하지 않고 풀 자국이 있는 거로 봐서, 인정하고 싶지는 않지만 아버지가 학교 공문서에 손을 대지 않았나 하는 의심도 들었다.

어쨌거나 이제 두 사람의 실제 모습까지 그려볼 수 있어 이야기가 더욱 흥미진진해졌다. 봉인의 마지막 페이지까지 순식간에 읽어내려갔다.

미스 박과 미스 김은 아버지의 같은 과 동기였다. 아버지는 애초부터 미스 박에게 마음이 있었다. 아버지 표현에 의하면 미모와 지성을 갖춘 최고의 반려자 감이었다. 반면 미스 김은 외모는 미스 박보다 못했으나 꼼꼼하게 정리된 노트 필기를 서로 빌려주며 나름의 신뢰를 쌓아온 상대였다. 일기의 내용으로 유추해 보건대, 아버지는 미스 박을 끔찍이 동경했으나 그녀로부터 그만큼의 반향을 끌어내지는 못한 것 같았다. 반면 미스 김은 아버지에게 마음이 있었고 아버지 또한 이를 충분히 느끼고 있었다. 하지만 아버지는 "나는 지성인이다! 지성인다운 사랑을 해야 한다!" 동했던 마음을 억누르며 미스 김을 같은 과 학우 이상으로는 대하지 않으려 애를 썼다.

"옳거니! 당연히 그래야지." 진수가 추임새를 넣었다.

마음을 다잡은 아버지는 미스 박과 캠퍼스를 거닐었다던가, 커피를 마셨다던가, 그녀와 함께한 소소한 일들에도 크게 의미를 부여하며 그날그날의 감흥을 일기에 옮겨 적었다.

그대가 손수 사다 준 담배를 피우며 이렇게 그대를 생각한다는 것이 얼마나 행복한가! 불타는 담배는 마치 우리들의 사랑을 연상케 한다!

그러나 둘 사이엔 걸림돌이 있었다. 그것은 두 집안의 형편이었다. 서울로 유학을 와 빠듯하게 생활하는 아버지와 미스 박은 처지가 별반 다르지 않았고, 때문에 그럴듯한 데이트를 하기가 어려웠던 것이다. 매번 아쉬움만을 남겼다.

시간이 흘러 여름 방학이 되었고, 이제 그녀를 매일 볼 수 없다는 생각에 아버지는 또다시 깊은 슬픔에 빠져들었다. 그런데 여기서 드라마 같은 일이 벌어진다.

언어학회 활동을 통해 알게 된 한 친구가 아버지에게 서울 어느 부잣집 아들의 입주 가정교사 자리를 주선했던 것이다. 돈도 궁하고 마음도 허했던 아버지는 당장에 이를 받아들였다. 그리고 며칠 뒤 그 집에 인사를 갔던 아버지는 뜻밖의 소식을 접했다. 고등학생인 큰딸의 가정교사도 곧 오기로 되어 있는데, 그 사람이 다름 아닌 미스 박이었다!

Miss Park과 한집에 있게 되었다는 것을 생각하면 기쁘기도 하나 어쩐지 이상야릇한 운명을 느끼고 두렵기도 하다.

허나 이 모든 것은 하나님께서 나에게 또 Miss Park에게 내려 주신 것이기에, 우리는 이 주어진 모든 것을 달게 받아들여 우리의 것으로 해야 한다. 주여! 이 미약한 인간을 끝까지 인도하여 주시옵소서!

그러나 운명의 장난으로 아버지는 미스 박을 만나지 못했다. 집안에 문제가 생겨 그녀는 시골집으로 내려가야 했고, 대신 그 자리를 미스 김이 차지했던 것이다. 아버지는 비탄에 잠겼다. 하나님을 원망했다. 그러면서도 새록새록 미스 김의 장점들을 발견해 나갔다. 어른을 공경할 줄 아는 그녀의 성품에서부터 야무진 젓가락질까지, 그 이유들은 실로 다양했다.

그런데 가정교사로 들어가고 약 한 달이 지났을 때였다. 미스 김이 아버지의 방 문틈으로 쪽지 한 장을 밀어 넣었다. 절교의 뜻과 함께 강한 실망이 담겨 있었다. 그녀는 이미 아버지와 미스 박과의 관계를 알고 있다고 했다. 나는 현명하게 절제를 택했으나 당신은 양다리를 택했다, 나라를 등진 자들도 시작은 그와 비슷하지 않았겠느냐, 하면서 아버지를 도매금으로 매국노의 대열에 합류시켰다.

둘 사이에 무슨 일이 있었는지는 정확히 나와 있지 않았다. "당분간 편지쓰기를 중단하자."라고도 했고, "피치 못할 엇갈림, 그것이 인생사."라고도 했고, 서너 페이지는 뜯겨나가 있었다. 하지만 그것만으로는 단서가 부족했다. 그저 상당히 억울해하는 아버지의 태도로 보아 뭔가 심각한 오해가 빚어졌음을 막연히 추정해 볼 따름이었다.

다시 학교가 개학했을 때는 이미 돌이킬 수 없는 상황이 전개돼 있었다. 그간의 일을 모두 전해 들었는지 미스 박은 아버지와 말조차 섞으려 하지 않았고, 미스 김 역시 아버지를 매우 멀리했다. "인간이란 원래 나약한 존재가 아닙니까!" "제대로 항변할 기회를 주십시오!" 아버지는 수차례 편지를 써 보냈다. 그러나 두 사람 모두에게서 답장은 오지 않았다.

초라한 한국 땅에 한 덩어리의 인간이 떨어졌다. 그러나 그는 전 우주에 비하면 없는 거나 마찬가지인 자기의 목숨을 금일로써, 아니면 내일로써 스스로 부인하는 행위를 할지 모른다.

모든 이가 그를 알기를 원치 않는다. 무엇 때문일까? 그는 자기대로는 삶을 알기 위해, 사랑을 알기 위해 무척이나 고심하고 노력했다. 허나 얻은 것은 그만큼의 절망이요, 또 그만큼의 눈물이었다.

죽으려 하나 죽음이 두려웠고, 살려고 하나 삶이 두려웠으며, 공부를 하려고 했으나 잊어버리는 것이 더 많았고, 사랑이 그리워 몸부림쳤으나 사랑이 오기는커녕 그에겐 요정들의 장난이 찾아왔다. 요정들은 그를 유인했다. 멸망의 길로…….

그렇게 아버지의 첫사랑이 끝남과 동시에 첫 번째 명상록도 끝이 났다.

"아빠 혼자 헛물켠 거네." 해민이 안쓰러운 듯 혀를 찼다.

일기 속 내용들은 절절하기 이를 데 없었지만 객관적으로 바라보면 사뭇 달리 보였다. 미스 박과 아버지가 실제로 연인이었다는 느낌이 들지 않았다. 아버지 자신의 마음은 구구절절 나열하면서도 정작 그녀로부터 돌아온 말이나 행동들에 대해선 구체적인 언급이 없었다. 가벼운 교제의 시작은 있었으나 깊은 관계로 발전하지 못했음이 분명했다.

"야, 이 정도면 거의 정신병 수준 아니냐?"

"그러게. 저 여자도 날 사랑한다! 아빠 혼자 망상에 빠져서는 주체도 못 할 만큼 사랑을 키웠던 거야. 작은오빠는 역시 아빠를 닮았나 봐."

"웃기시네! 한 개도 안 닮았거든?"

"닮았거든요?"

"안 닮았거든요?"

두 사람이 그렇게 시시덕거리고 있는데도 진태는 아무런 반응을 하지 않았다. 여전히 마룻바닥에 드러누운 채 천장만 올려다보고 있었다.

"큰오빠는 재미없어? 이거 완전 새로운 장르의 개척이야. 식스센스 풍의 러브 로망 사이코 멜로!"

진태가 스르륵 몸을 일으켰다. 그리고 이렇게 말했다.

"우리, 기도할까?"

진수와 해민은 심히 당황한 눈치였다. "오빠 요새 교회 다녀?"

"농담이다, 으이그." 진태가 피식피식 웃었다. "먼저 갈게. 정리는 다음에 하자. 어지르지 말고 대충 치워만 놔."

*

진태는 거실에서 그를 기다리고 있던 아내와 눈도 마주치지 않고 휑하니 서재로 들어갔다. 그러고는 씻지도 않고 손님 이불을 깔고 자리에 누웠다.

그는 아버지의 명상록을 떠올렸다. 듣고 싶지 않았지만 막내가 하도 연기하듯 읽어대는 통에 자꾸 귀가 쏠리고 말았다.

아버지의 문제는 생각이 너무 많다는 것이었다. 바르고 올곧은 생각도 현실에서 발휘돼야 하는데, 자신을 위로하듯 계속 안으로만 맴돌면서 스스로를 더 나약하고 처량하게 만들 어버린 것이다. 간단히 말하면 자의식의 과잉. 절대 닮지 않으 려고 진태가 가장 경계하는 부분이었다.

그 두툼한 일기장에서 순수하게 그의 관심을 끈 것은 딱 한 가지였다. 진태는 심호흡으로 마음을 가라앉힌 뒤에 조용히 두 손을 모았다.

"하나님, 제가요…… 기독교도는 아닌데요……. 뭔가 실수 하고 계신 거…… 네, 물론 잘 알고 계시겠죠. 그냥 한 번만 더 체크해 봐주셨으면 해서요……. 오늘은 8월 22일이고요, 내 일은 8월 23일입니다. 8월, 23일. 예, 그럼 부탁드립니다. 아드 님의 이름으로 기도드렸습니다. 아멘."

IO

기도는 아무 소용이 없었다. 진태는 어젯밤 기어들어 간 서
재가 아니라 안방 침대 위에서 눈을 떴다.

"안 돼, 안 돼⋯⋯!"

그래, 잠결에 옮겨 와 잤을 수도 있어. 내가 술에 취해 거실
에서 잠들면 아내는 무슨 수를 써서라도 침대로 옮겨놓곤 했
잖아?

진태는 깁스가 사라진 왼손을 이미 봐놓고도 지푸라기라도
잡는 심정으로 거실로 나갔다. 그리고 텔레비전이 다급하게
뉴스를 전하고 있는 거실을 지나 옷방 문을 열었다.

역시나 불 꺼진 방 안에 아내가 웅크리고 앉아 있었다. 귀
신이 따로 없었다. 아내가 스윽 고개를 들어 진태를 올려다보
았다.

"당신은 여전히⋯⋯."

아내의 말이 채 끝나기도 전에 조용히 문을 닫았다.

*

"이렇게 자주 보니까 옛날 같고 재밌다, 히히." 해민이 싱글싱글 웃었다.

하지만 진태는 전혀 웃을 기분이 아니었다. 이제 두렵기까지 했다. 좀비를 상대하는 느낌이랄까? 눈 딱 감고 간신히 해치워 버린 일들이 떡하니 되살아나 그의 뺨을 후려치고 있었다. 너 확실해? 후회 안 할 자신 있어? 이혼이든 실직이든 빨리 결론이 나면 차라리 후련하기라도 할 텐데, 이 세상은 잔인하게도 그에게 과정만을 강요하고 있었다.

"네가 그랬나? 판이 튄 거라고?" 진태가 해민에게 물었다. "만약 아버지 레코드판이랑 뭔가 관련이 있다면 말이야."

"응. 그게 왜?"

"그날, 판이 몇 번 튀었는지 기억나?"

"맞다, 그렇게 되는 거구나!"

"그게 뭔 소리야?" 진수가 물었다.

"판이 튄 횟수가 시간이 반복되는 횟수인 거야." 해민이 설명했다. "이미 실행 명령이 내려진 거라고!"

"그래서 기억이 나, 안 나?" 진태가 막내를 보챘다.

"조용히 좀 해봐."

해민이 양쪽 관자놀이를 지그시 누르며 눈을 감자, 오빠들

92

도 잠시 입을 다물고 막내의 총기에 기대를 걸었다.

이윽고 해민이 눈을 떴다. "두 번."

"두 번? 확실해? 응?"

"아마도."

"아마도? 야, 똑바로 대답해!"

"왜 짜증을 내고 그래?"

"두 번이야, 아니야!"

"맞아, 맞다고! 두 번! 됐어?"

"그럼 이번이 마지막이라는 거네. 그치, 형?"

진태는 거의 떨고 있었다. 때문에 진수는 형이 좀 과잉 반응을 하고 있다는 생각이 들었다. 사실 따지고 보면 이 소동의 가장 큰 피해자는 누가 뭐래도 진수 자신이었다. 그는 한강 투신이라는 고도의 위험을 안고 있었고, 까딱 잘못하면 그대로 황천길이었다.

진수가 이를 역설하자 진태가 발끈했다.

"넌 까짓 뒈지면 그만이지만, 난 계속 끌어안고 살아가야 할 문제들이……."

"이혼 안 하면 될 거 아니야!" 진수가 형의 말을 잘랐다.

"내 문제가 그거뿐인 줄 알아?"

"또 뭐가 있는데? 말해 봐."

"됐다. 관두자."

"세상 고민은 뭐 형 혼자만 해? 왜 그렇게 유난을 떨어?"

"그만하자고."

"말이 나와서 하는 얘긴데, 형 이혼, 최소한 우리한테 미리 상의 정도는 했어야 되는 거잖아."

"너희랑 상의를 왜 해?"

"형 결혼자금. 솔직히 그거 엄마 사망보험금 아니었어?"

"뭐?" 진태가 눈을 치켜떴다. 하지만 떳떳하지는 못했다. 취직도 하기 전에 결혼한 놈이 무슨 돈이 있었겠는가.

"돈이 아깝다는 얘기가 아니야. 해민이나 나나 그거 가지고 한마디도 한 적 없잖아. 형이 행복하면 우린 그걸로 된 거니까. 그치만 이 경우는 좀 다르다고 생각하지 않아?"

"뭐가 다른데?"

"젠장, 서운하다고!" 진수가 해민을 쳐다봤다. "안 그러냐? 너도 뭐라고 말 좀 해봐!"

잠자코 듣고 있던 해민이 태연하게 팔짱을 꼈다.

"아니, 둘 다 왜 이렇게 쓸데없는 얘기로 심각하지? 이건 오히려 좋은 기회라고."

"아, 뭔 놈의 기회!"

해민의 말에 따르면 우주, 즉 '시공 연속체'는 스스로 질서를 유지하는 힘이 있다고 했다. 만약 시간여행이나 기타 등등의 이유로 뭔가가 바뀐다면, 혹은 변화가 허용된다면, 그건 우주의 역사에서 그것이 그야말로 아주 미미한 것이기 때문이라는 거였다. '분기점'이 될 만한 사건이 아니라는 거였다.

"분기점?" 오빠들이 동시에 물었다.

"이 무식한 인간들. 분기점이란, 땅 위에 랜드마크가 있듯이 시간의 역사 위에도 타임마크가 있다는 뜻이야. 그 시간대를 규정하는 이정표 같은 거랄까? 생각해 봐, 지금까지 두 번의 반복에서 토씨 하나 안 틀리고 똑같이 반복된 게 뭐였을 거 같아?"

진태는 아내, 진수는 헤르메스라고 답하려다 그냥 입을 다물었다.

"그건 바로 칠레의 광산 붕괴 사건이었어. 안타깝긴 하지만, 그건 그게 꼭 일어나야만 하는 중요한 사건이라는 뜻이야. 그게 바로 분기점인 거지."

"그럼 어떻게 되는 거야? 난 계속 한강에 뛰어들어야 돼?"

"그게 중요한 사건이라면."

"그럼 네 말은." 진태는 막내가 무슨 말을 하려는지 알 것 같았다.

"응." 해민이 말을 받았다. "반대로 말하면 대통령을 암살한다거나, 암을 정복한다거나, 기가 막힌 발명품을 만든다거나, 그렇게 튀는 것만 아니면 이것저것 함부로 해봐도 된다, 이 말씀이지. 되면 좋고, 안 되면 말고."

굉장히 그럴듯한 얘기였다. 진태와 진수는 똑같이 미간에 주름을 잡으며 생각에 잠겼다. 함부로? 뭘? 어떻게?

야옹.

"고양이다!" 해민이 속삭이듯 소리쳤다.

벌써 두 번이나 마주친 그 얼룩 고양이가 담 위에서 삼남매를 내려다보고 있었다.

"또 참치를 얻어먹으러 왔나?" 진수가 말했다.

야옹.

"참치?" 진태가 물었다.

"어제 형 가고 나서 밖에 나가보니까 또 어슬렁대고 있더라고. 좀 불쌍해 보여서 내가 참치캔 하나 따줬지."

"어제?"

"응."

"그게 말이 돼?"

"말이 안 될 건 또 뭔데."

"쟤가 그걸 어떻게 기억하냐고."

"왜 못 해, 바로 어제 일인데." 하던 진수는 "어라?" 놀란 눈이 됐다.

"우리만 겪고 있는 게 아니었어." 진태가 중얼거렸다.

"아니. 우리만 겪는 일이야." 해민이 고개를 저으며 말했다. "내가 혹시나 해서 어젯밤에 인터넷 다 뒤져봤어. 요즘 같은 세상에 그게 티가 안 날 리가 있어? 자랑질이든 욕설이든 입이 근질근질할 거 아냐. 근데 없더라고."

진태가 턱짓으로 고양이를 가리켰다. "그럼 쟤는 뭔데."

"이유가 있다면 그건 하나뿐이야."

"무슨?"

"시간여행을 다룬 SF에는 항상 고양이가 등장하는 법이니까, 히히."

야옹.

얼룩 고양이가 마당으로 폴짝 뛰어내렸다. 조심스럽게 코를 킁킁대며 마당 안을 돌아다니는가 싶더니, 순간 긴장한 몸짓으로 주위를 두리번거렸다. 그러고는 의문스러운 눈초리로 삼남매를 응시했다. 이런 의미였다. '님들! 이거 개 냄새 맞죠?'

"귀엽네, 고놈. 오빠들, 왠지 좋은 징조 같지 않아?"

*

진태는 밤새 잠을 이루지 못했다. 어제저녁 막내가 한 말들 때문이었다. 판은 두 번 튀었다, 그렇다면 이번이 마지막이다, 기회를 살려야 한다, 하지만 어떻게? 생각이 꼬리에 꼬리를 물고 이어졌다.

처음 반복이 시작됐을 때 진태도 평범한 인간인지라 로또를 생각하지 않을 수 없었다. 이혼 후의 삶이 걱정됐던 것이다. 때마침 인터넷으로 얼핏 보았던 뉴스 기사가 떠올랐다. 10번대 숫자가 다섯 개나 나오는 바람에 당첨자가 한 명도 없었다고 했다. 그 정도만 알아도 확률은 비약적으로 올라간다. 10만 원을 투자했다. 그러나 결과는 예상 밖이었다. 30번대 숫자가 다섯 개였고 역시 당첨자는 없었다. 시공 연속체가 스스로 질서를 유지한다는 막내의 말은 사실인 것이다.

그렇다면 대체 어떻게 해야 이 기회를 살릴 수 있을까? 무엇이 허용되고 또 무엇이 허용되지 않는 걸까?

아버지를 죽음으로부터 구해낼 수는 없다. 그것은 이미 증명된 사실이다. 진수? 어차피 살아 돌아올 것이고 그 또한 증명된 사실이다. 그렇다면 이혼?

"아이고, 깜짝 놀랐지? 엊그제 한 말은 그냥 농담이었어!" 아내에게 그렇게 말한다? 그게 과연 기회를 살리는 걸까? 내 인생을 위하는 길일까? 얻는 것이라곤 그저 며칠 마음이 편한 정도가 아닐까?

직장 문제도 마찬가지였다. 노조 사무소를 찾아가본다, 회사 정문 앞에 드러눕는다, 매일 아침 과장의 구두를 닦는다. 직장 생활을 6년 넘게 해놓고도 떠오르는 건 그 정도였다. 돈과 속임수가 단단히 얽혀 있는 그 거대한 메커니즘은 감히 상상조차 하기 어려웠다.

진태는 어제의 대화들을 다시 떠올려 보았다. 본가를 나서기 전 그는 막내에게 물었었다. 그래서 넌 그동안 무엇무엇을 해보았느냐고. 막내의 대답은 이랬다. 지난번과 다른 날에 사무실에 가봤다, 새로운 작품을 구상했다, 도서관에서 책을 빌려 동성애를 공부했다. "완전 유익한 시간이었어, 오빠. 간달프 할아버지도 게이였다는 걸 이번에 알았지 뭐야!" 모두 하찮은 것들이었다. 굳이 이런 식의 계기가 아니어도 얼마든지 할 수 있는, 단지 시간을 버는 차원의 일들이었다.

하지만 그게 바로 현실이 아닐까? 진태는 문득 그런 생각이 들었다. 상상력으로 먹고사는 막내에게도 허용되는 건 겨우 그 정도인 것이다. 진정으로 중요하고 간절한 것은 바꿀 수가 없는 것이다. 아니, 사실 뭐가 중요하고 뭐가 간절한지도 불분명했다. 나는 왜 사는가…… 무엇을 위해 사는가…… 대체 무엇이 나를 살게 하는가…….

아버지가 그랬던 것처럼 공허한 의문들을 늘어놓다 보니, 우습게도 「사람은 무엇으로 사는가」라는 톨스토이의 단편소설까지 떠올랐다. 대학교 1학년 때 첫 소개팅으로 만난 여학생이 하도 강권해서 그녀가 내민 너덜너덜한 책으로 읽은 작품이었는데, 정말 동화 같은 얘기였다. 추위에 떨던 노숙자를 데려와 보살폈더니 실은 천사였다는 얘기였고, 삶이 아무리

팍팍해도 사랑만 있으면 인간은 얼마든지 살아갈 수 있으니 쓸데없는 걱정은 삼가라는 얘기였다. 진태는 그 예쁜 여학생에게 애프터를 신청하지 않았다.

현실, 현실, 현실……. 진태는 그 익숙한 단어를 여러 번 되뇌어 보았다. 그 단어에는 왠지 낙담하게 만드는 뉘앙스가 짙게 배어 있었다. "어쩌겠어, 이게 현실인데." 이 얼마나 자연스러운 말인가. 굳이 '냉엄한', '각박한' 따위의 수식어를 끌어다 놓지 않아도 그 불가항력의 본질이 제대로 전달되고 있지 않은가. 그런데 이것저것 찔러보며 현실을 바꾼다? 기회로 삼아 이용한다? 시시한 것들이나 시도해 보면서? 철없는 애들의 판타지였다. 세상은 그렇게 돌아가는 게 아니었다. 설사 뭔가가 바뀐다 해도 그건 이미 한참 전에 도모한 일들이 마침내 결판나는 순간에 지나지 않을 터였다. 길에서 천사라도 줍지 않는 한, 두 번을 겪든 세 번을 겪든 현실은 주는 대로 받아 삼키는 것이지 멋대로 뜯어고칠 수 있는 게 아니었다. 간지럼을 태울 순 있어도 자빠뜨릴 수는 없는 것이다.

하아, 하고 한숨이 터져 나왔다. 내가 할 수 있는 건 결국 아무것도 없는 거야……. 진태는 허무하게 결론 내린 뒤에 까무룩 잠이 들었다.

11

다시 눈을 떴을 때는 창밖이 훤히 밝아 있었다. 진태는 이불을 젖히고 일어나 거실로 나갔다. 아내가 보이지 않았다. 옷방에도 없었다.

원래 이날은 아침부터 어디 나가고 없었나? 이미 두 번이나 겪은 상황일 텐데도 기억이 나지 않았다. 괜히 헛웃음이 나왔다.

식탁 위에는 역시나 그의 아침이 차려져 있었다. 반복된 시간 속에서 결코 변하지 않은 것 중 하나였다. 또 헛웃음이 나왔다. 그러나 이번엔 등을 돌리지 않고 식탁으로 가 앉았다. 밤새 머리를 써서 허기가 진 탓이었다.

아내의 음식은 굉장히 맛이 있었다. 된장찌개는 좀 식었는데도 더할 나위 없이 구수했고, 대체 뭘 넣은 건지 계란말이는 씹자마자 사르르 녹아버렸다. 시금치며, 멸치볶음이며, 다른 밑반찬들도 하나하나가 다 그의 입에 딱 맞았다.

아내의 음식 솜씨가 이토록 훌륭했다니, 진태는 감사하는 마음이 들어버렸다. 그러자 목덜미가 찌릿찌릿하면서 뜨거운 기운이 느껴졌다. 막연하게라도 죄책감을 느끼면 그가 늘 겪는 조건반사였다.

역시 내가 잘못하고 있는 게 아닐까? 그저 현실에서 도망치기 위해 아내를 희생양으로 삼는 건 아닐까? 이혼은 선택이 아니라 목적이 돼버린 게 아닐까? 마치 그래야만 나를 증명할 수 있다고 착각하는 게 아닐까?

신기한 일이었다. 그 많은 생각들이 거쳐 갔음에도 거리로 나왔을 때쯤엔 이상하게 머리가 맑아져 있었다. 버스정류장에서 그는 조급하게 길 끝을 바라보지 않았다. 맞은편 상점들을 찬찬히 살펴보았다. 샌드위치 가게가 새로 생겼다는 것과 백반집에 '상중(喪中)'이라고 쓰인 종이가 붙어 있다는 걸 알게 되었다. 그리고 지금은 먼 산을 보듯 고개를 들고 있었다. 그곳엔 아침의 태양이 빛나고 있었다. 그래도 아침엔 대적할 만하구나, 눈이 덜 부시구나, 하는 생각이 들자마자 눈이 부셔서 그는 눈을 감았다. 그러자 바람이 느껴졌다. 아침이라 해도 한여름의 태양은 뜨거웠고 그 바람조차 아주 미약한 것이었지만 분명히 느낄 수 있었다. 그리고 작게 나풀대는 소리. 정류장 바로 옆 높게 자란 플라타너스가 그 옅은 바람에도 초록색

이파리를 흔들거리고 있었다. 후드득, 잎에 가려 보이지 않던 참새 대여섯 마리가 하늘로 날아올랐다.

진태는 참새들의 궤적을 눈으로 좇으며 정말이지 오랜만에, 판단의 옳고 그름에 대한 두려움 없이, '아름답다'라고 느꼈다.

*

변화는 진수에게도 일어나고 있었다. 그녀의 호의가 어장 관리에 불과했다는 사실을, 아버지처럼 혼자만의 착각이었다는 사실을 두 번이나 깨닫고 나자 자연스럽게, 이 또한 아버지처럼, 다른 여자가 눈에 들어왔다.

잠깐 스텝을 맞춰봤더니 은근히 호흡도 잘 맞는 것 같았다. 이분 나보다 하나 위라고 하지 않았나? 근데 피부도 매끈하고, 특히 종아리가 예술이네.

그런데 며칠 후, 기대치 않은 일이 벌어졌다. 잠시 쉬는 사이 헤르메스가 진수 옆으로 바짝 다가와 앉았다. 그가 어험, 하며 한 뼘을 떨어지자 그녀가 즉시 엉덩이를 튕기며 그 한 뼘을 무용지물로 만들었다. 그리고 화를 삭이듯 낮은 음성으로 물었다.

"왜 나 피해요?"

"제가 언제요?"

"분명히 말해 두는데, 나 이런 거 안 좋아해요."

"저도 좋아서 이러는 건 아니에요."

진수는 그렇게 말하면서 괜히 울컥했다. 얼른 엉덩이를 들었다. 그런데 그녀가 진수 허벅지에 척! 손바닥을 얹었더니 힘으로 내리눌러 도로 앉혔다.

"내 얘기 아직 안 끝났어요."

그러고는 제일 기다란 손가락을 진수 허벅지 위쪽에 대고 천천히 원을 그렸다. 그것도 두 바퀴씩이나! 하복부에 찌릿한 기운이 퍼지면서 바지가 조이기 시작했다.

진수는 퍼뜩 정신을 차렸다. 에라이, 두 번 속지 세 번은 안 속는다! 틈을 주지 않고 벌떡 일어섰다.

"더 할 얘기 없으시면, 이만."

그 후로는 내내 그녀의 눈길을 피했고 설사 마주쳐도 뚱하게 대했다. 그런데 그런 저항이 그녀를 더욱 자극한 모양이었다. "귀찮게 자꾸 왜 이래요!" 다음 주면 함께 배신할 공모자가 내민 손을 야멸차게 뿌리치더니 이제는 진수에게만 들러붙어 적극적인 유혹을 가해 왔다. 보라색 서클렌즈 때문인지 오늘의 교태는 예전의 그것과는 차원이 달랐다. 단순한 매력 발산을 넘어, 그녀가 내뿜는 점도 높은 페로몬이 진수의 영혼을 사정없이 쪼물딱거렸다.

정말 기적과도 같은 일이었다. 그녀는 끝없는 유혹의 손길로 진수를 자신의 집으로 이끌었고, 두 사람은 초저녁부터 한 침대에 누웠다. 절대 변하지 않을 것만 같았던, 더한 수치심으로 그를 농락할 줄로만 알았던 현실이 마침내 바뀌어버린 것이었다.

더욱이 그 밤은, 그의 33년 인생사에 길이 남을 최고의 밤이었다. 부처님 감사합니다! 하나님 감사합니다! 우주님 감사합니다!

또한 새벽녘에 불쑥 이뤄진 세 번째 절정의 순간에 그는 이런 생각을 했다.

아아! 이 장면을 내 묘비석에 새겨 넣고 싶다!

*

해민도 몸이 달아 있었다. 공부도 할 만치 했고, 이제 남은 건 선배 언니의 마음을 확인하는 것뿐이었다. 작가들도 이미 눈치채고 있지 않은가. 소외 장르에 대한 배려? 그래서 기회를 주는 거다? 웃기는 소리였다.

언니의 퇴근을 기다린 해민은 지하 주차장에서 우연한 만남을 가장했다. "어머, 이런 우연이!"

"차도 없는 게. 너무 의도적이지 않니?"

"앗, 이히히."

"왜, 할 말 있어?"

해민은 집까지 데려다주겠다는 언니의 제안을 냉큼 받아들였다. 그러고는 차를 타고 가는 내내 언제쯤 말을 꺼내야 자연스러우려나 계속 언니의 눈치를 살폈다. 처음에 잠깐 날씨 얘기를 주고받았을 뿐 언니는 아무 말도 하지 않고 있었다. 좀처럼 타이밍을 잡기가 어려웠다. 그리고 어떤 스타일로 말문을 열지도 아직 정하지 못했다. '저기…….' 은근하게? '언니 그거 알아요?' 친근하게? '아, 맞다!' 깜찍하게?

차가 어두침침한 과천터널로 진입하자 침묵의 무게는 곱절로 늘어났고, 이제는 답답해서 숨이 막혔다. 해민은 끝내 프아, 숨을 토해내고 나서 간신히 운을 뗐다.

"궁금한 게 있어요."

"뭐가?"

"왜, 어찌하여, 뭣 때문에, 무슨 연유로, 절 데리고 계시는지."

"그게 왜 궁금한데?"

"그야……." 해민은 몸을 배배 꼬며 말했다. "저는 BL도 잘 모르고, 그냥 오타쿠일 뿐이고, 게다가 상냥하지도 않고, 고분고분하지도 않고, 완전 고집불통이잖아요."

"그런가?"

"다 아시면서. 혹시 연민, 뭐 그런 겁니까? 하핫."

여기선 피식피식 같이 웃어야 자연스러웠을 텐데, 언니는 오히려 심각한 얼굴이 됐다. 그러더니 짧게 대답했다.

"어."

해민이 멍하게 바라보자 언니 다시 한번 말했다.

"연민이야."

"제, 제가 불쌍해요?"

"어."

해민은 잠시 당황했다. 하지만 곧바로 자신만의 사고 시스템을 작동시켰다. 진짜 연민이었다면 이렇게 대놓고 말할 수 있을까? 그래, 언니는 지금 나를 시험하고 있는 거야. 네가 아직 너 자신에 대해 모르고 있는 게 너무 불쌍해! 아직도 내 마음을 헤아리지 못하는 네가 너무 불쌍해!

"제가 좀 불쌍하긴 하죠, 히히. 연민! 그럴 줄 알았다니까요?"

"해민아, 난…… 너한테 승부의 대상이 되고 싶지 않아." 언니가 잔잔한 목소리로 말했다. "내가 모를 거라고 생각했어?"

"선배……."

기대했던 답을 들을 것만 같았다. 심장이 어찌나 쿵쾅거리는지 몸이 혈압을 감당 못 해 속이 메스꺼울 지경이었다.

"그럼 어떤…… 대상이 되고 싶으신 건데요?"

"글쎄……?"

언니가 해민을 향해 의미심장한 미소를 던졌다.

12

"네가 차려놓은 아침을 먹으면서 이런 생각이 들었어."

"다행이네요, 맛있게 드셨다니. 근데요, 여보."

"아니야, 내 말부터 들어."

두 사람 모두에게서 조급함이 느껴졌다.

진태는 자신이 처음 이혼 얘기를 꺼낸 것부터가 너무 경솔
하고 성급한 판단이었다고 말했다. "지금 우리는 분명 행복하
지 않아. 그건 나도 알고 너도 알아. 하지만 불행을 대하는 방
식은 너무도 달랐어. 너는 그 불행도 우리의 몫이라 생각하고
받아들이고 극복하려고 했지만, 난 도망만 치려고 했던 거야."

"당신이 생각하는 우리의 불행은 뭐죠?"

"뭐라고 딱 정의하긴 그래. 그냥 난…… 너무 답답했어. 싫
으면 싫다, 좋으면 좋다, 감정을 드러내고 싶었어. 미친 듯이
웃고도 싶었고 울고도 싶었어. 근데 그게 안 되는 거야. 왜 그
럴까, 내가 대체 왜 이러는 걸까, 갈증은 느껴지는데 그게 뭐

때문인지를 모르겠는 거야. 뭐가 나를 숨 막히게 하는지 전혀 모르겠더라고."

"그게 저였나요?" 아내가 정곡을 찔렀다.

"솔직히 처음엔 나도 그렇게 생각했었어. 미안해. 근데 곰 곰이 생각해 보니까, 결국 문제는 나였어. 중심을 못 잡고 흔 들리는 것도 나였고, 누군갈 책임질 능력은커녕 그럴 자세도 되어 있지 않은 건 바로 나였어. 억지를 부리다 이제야 탈이 난 거지. 희생자는 내가 아니라 너야. 불행을 행복으로 덮어 보겠다는 그 바보 같은 책임감 때문에 우리가 서둘러 결혼하 지만 않았다면…… 넌 이런 내 실체를 곧 알게 됐을 테고…… 나한테서 떠났을 거야……. 그럼 더 좋은 사람을 만났겠지."

"저는 당신의 그 바보 같은 책임감 때문에 당신을 더 사랑 하게 됐었는데요."

"아, 그래?" 진태는 민망하면서도 은근히 기분이 좋았다. 마 지막 부분에 일부러 불쌍해 보이도록 말한 게 주효한 듯했다.

그 후로도 한참을 이어진 진태의 말이 끝난 뒤, 조용히 듣고 있던 아내가 입을 열었다.

"저도 며칠간 이 문제와 씨름을 했어요. 사는 게 뭔지, 행복 이 뭔지."

"왜 아니었겠어." 진태가 부드럽게 대꾸해 주었다.

"지난 금요일엔 아버님 병원에도 다녀왔어요."

"병원에?"

진태가 아침상에 감동하고 있을 때 아내는 병원에 있었던 것이다.

"아버님은 어떻게 생각하실까 여쭤보고 싶었어요."

진태는 기분이 착 가라앉았다. 심폐소생술 거부를 결정한 것도 그렇고 이혼도 그렇고, 언제부터 두 사람은 중요한 결정의 동반자가 된 걸까? 쓸데없이 올곧은 사람들끼리는 동지애 같은 걸 느끼는 건가?

독심술이라도 배웠는지 아내는 그 얘기부터 꺼냈다.

"한동안 아버님을 지켜보다가 심폐소생술을 거부하실 때가 생각났어요. 그때 제게 이런 말씀을 하셨어요. 인생 자체는 결과가 아니라 과정이지 않겠냐고, 성공인지 실패인지는 나중에 죽어서야 알게 되는 거 아니겠냐고. 아버님은 너무 궁금하다고 하셨어요. 자신의 인생이 어떤 인생이었는지. 나름대로는 정말 애를 쓰며 살아오셨는데 혹시 부족했던 것은 아닌지, 만약 부족했다면 얼마큼이 부족했던 것인지. 단 하루도, 단 한 시간도 그걸 알게 되는 기쁨을 늦추지 말아달라고 하셨어요. 아마 아버님은 제게도 같은 말씀을 하셨을 거라고 생각해요. 옳은 결정인지 아닌지는 그 누구도 알 수 없다, 행복도 불행도 다 상대적인 것이다, 그 안에서 자신이 어떻게 사는지가 중요한 것이다."

아내가 알고 있는 아버지는 자신이 알고 있는 아버지와 다른 것 같았다. 아내에게 아버지는 과연 어떤 사람이었을까?

아내는 진태에게 지긋한 눈길을 던지며 다시 말을 이었다.

"그런데 오늘 아침, 칠레 광산 뉴스를 보다가 정신이 번쩍 들었어요. 막연한 행복, 누군가가 만들어놓은 정의, 자의 반 타의 반으로 선택한 관계. 그것들을 끝까지 아름답게 유지하기 위해 지금의 행복을 포기하는 건, 순간순간의 기쁨을 포기하는 건, 그리고 불행을 숨기려 드는 건 정말 바보짓이라는 생각이 들었어요. 우린 이렇게 모든 게 불확실한 세상에 살고 있다는 걸, 이제야, 당신 말을 듣고서야 깨달은 거예요."

"그럼 넌……."

"당신 말이 맞아요. 우리 이혼해요."

진태는 한 대 얻어맞은 것처럼 정신이 멍했다. '칠레 광산'이라는 말이 머릿속에서 뱅뱅 맴돌았다. 불행이 인간을 나약하게 만들지 모른다고 걱정했던 자신이 우스웠다. 칠레 광부들의 불행은 오히려 아내의 의지를 강하게 만들어버렸던 것이다. 그건 불행의 크기 차이일까? 아니면 예견된 것과 그렇지 못한 것의 차이일까? 적어도 하나는 분명했다. 타이밍이 아주 기막히게 더럽다는 것.

직장에서의 상황도 별반 다르지 않았다. 뭣 같은 기분에도 과장을 향해선 사람 좋은 미소를 잃지 않았건만, 어느 입 싼 동료 덕분에 자신이 이미 퇴직자로 내정돼 있다는 사실을 알게 되었다. 자식이 있네 없네, 결혼을 했네 안 했네 하던 저울질들은 애초부터 쇼에 불과했던 것이다. 노력 따위는 아무 상관이 없었다. 한마디로 그냥 예정된 불행이었다. 지금까지 모든 게 그러했던 것처럼.

진태는 뿌드득 이를 갈며 주먹을 말아 쥐었다.

*

그날 저녁 해민은 와인 두 병을 사 들고 선배 언니의 아파트로 향했다. 쿨하게 고백하기로 마음먹은 것이다. 집 주소는 회계팀 신입에게 치즈케이크 한 판을 뇌물로 바치고 알아냈다.

문 앞에서 10여 분을 망설이다 초인종을 누르려던 순간, 저쪽에서 엘리베이터 문이 열리며 언니의 웃음소리가 들렸다. 그래서 언니! 하고 부르려고 막 입을 벌리는데, "웃기지? 나도 그 얘기 듣고 진짜 쓰러지는 줄 알았다니까?" 웬 남자의 목소리가 들렸다. 해민은 잽싸게 계단을 뛰어올라 반 층 위에서 상황을 지켜보았다.

두 사람, 그러니까 선배 언니와 그 정체 모를 잘 빠진 남자는 애틋하게 손을 잡고 있었다. 그냥 잡은 것도 아니고 깍지를 끼고 있었다.

해민은 당황했다. 그래, 완전 살가운 친오빠일 거야. 아니면 남동생? 어쩌면 10년 만에 만난 눈물 나게 반가운 사촌 동생?

언니가 여덟 자리나 되는 비밀번호를 누르는 동안, 그 사촌 동생으로 추정되는 남자는 언니를 바라보며 귀엽다는 듯 미소를 짓고 있었다. 삐리릭 문이 열렸다. 언니는 문을 열어놓은 채로 사촌 동생에게 먼저 들어가시죠, 하는 공손한 손짓을 해 보였다. 사촌 동생은 까짓 그러지 뭐, 멋스럽게 고개를 까딱하더니 안으로 들어갔다.

바로 그 순간이었다. 걸음을 떼는 사촌 동생의 오른쪽 엉덩이를 언니가 뒤에서 한 손으로 꽈악 움켜쥐었다.

해민도 더는 부정할 수가 없었다. 누가 봐도 두 사람은 분명 연인이었다. 언니는 이성애자였던 것이다.

"오빠, 나 어쩌면 좋아……!"

자신이 사 갔던 와인 두 병을 나발 불 듯 해치운 해민은 펑펑 눈물을 쏟으며 진수에게 하소연했다.

"그 새끼 완전 잘생겼어, 오빠. 그 엉덩이는 또 어떻고! 그냥 엉덩이 한 대 찰싹 때린 거였으면 내가 이러지도 않아. 그래도 희망이 있었을 거라고! 근데 이렇게 꽈악, 아우 짜증 나!"

"이 등신아, 네가 대체 아부지보다 나은 게 뭐냐? 그것도 확인 안 해보고 너 혼자 좋아서 그 난리를 친 거야?"

"확인을 안 하긴 왜 안 해? 했다고! 내가 전에 물어봤단 말이야!"

"레즈비언이냐고? 동성애자냐고?"

"아니!"

"그럼?"

"언니는 양조위가 좋아요, 아니면 장만옥이 좋아요? 이렇게!"

"그랬더니?"

"언니가 1초도 망설이지 않고 대답했어. 당연히 장만옥이지! 이렇게!"

진수는 기가 막혔다. "고작? 응? 고작 그딴 걸로 그 여자가 레즈비언이라고 생각했다고?"

"그래!"

"이런 등신!"

해민은 그 뒤로도 두어 시간을 줄기차게 울다가 지쳐 잠이 들었고, 진수는 막내의 불행 때문에 상대적으로 조금 더 행복해진 마음으로 내일 그녀와 밟을 스텝을 연습했다.

그런데 다음 날 아침이었다. 시원하게 오줌을 누려고 변기 앞에 선 진수는 저도 모르게 "악!" 하는 비명을 터뜨렸다. 오줌발이 요도를 뚫고 나오던 순간 누가 그의 물건을 바늘로 푹 찌른 듯 끔찍한 고통을 느꼈기 때문이었다.

쭈뼛거리며 동네 비뇨기과를 찾았다. 조그만 플라스틱 컵에 오줌을 누고 기다리기를 15분쯤, 그는 청천벽력의 소식을 전해 들었다.

"임질입니다."

"네?" 진수는 막내가 얘기했던 보니것인가 뭔가 하는 놈의 소설책을 떠올렸다.

"그렇게 심각하게 생각하실 건 없습니다. 얼마든지 치료가 가능하고요, 가장 흔한 성병 중 하납니다. 다들 쉬쉬해서 그렇지 숱하게들 거쳐 가셨습니다, 하하."

그런 경박한 위로는 전혀 도움이 되지 않았다. 진수는 우주적 비탄에 잠겨 있었다.

"저기, 환자분……." 의사가 당황하며 물었다. "지금 울고 계신 겁니까? 이게 주사 한 방이면 금방 낫는 거거든요."

임질 때문이 아니었다. 나 같은 놈이 성병에 걸린 게 뭐 대수인가, 그런 것쯤 얼마든지 대범하게 받아들일 수 있었다. 하지만 사랑의 환희 뒤에 이런 일이 벌어졌다는 것은, 평생의 감동이 이런 식으로 퇴색되었다는 것은 결코 받아들일 수가 없었다. 세상이 자신을 너무 우습게 여기는 것만 같아서, 그저 갖고 놀기 위해 생존을 허락하는 것만 같아서 진수는 분노가 끓어올랐다.

*

"여보세요? 유진태 씨 맞으십니까?"

"네, 맞는데요."

"여긴 여의도 성모병원 응급실입니다!"

"이쪽입니다!"

"네?"

저만치에서 접니다, 하는 투로 진태가 핸드폰을 흔들고 있었다.

진태는 당혹스러워하는 구조대원에게 "마침 이 병원에 볼일이 있었거든요."라고 말했고, 구조대원은 "아, 네." 하면서도 계속 고개를 갸웃거렸다.

두 시간 전 진태는 해민으로부터 다급한 전화를 받았다. 진수가 아까 울면서 집을 뛰쳐나갔는데 아무래도 한강으로 간거 같다는 것이었다. "이상한 말을 했어. 뭐랬더라? 아, '나는 더 이상 우주의 장난감이 아니다!' 고래고래 소리를 질렀어. 그거 죽겠다는 소리잖아, 그치?" 진태는 곧바로 택시를 잡아 탔다. "한강대교요!" 했다가 시간을 확인해 보곤 마음을 바꿨다. "죄송한데, 여의도 성모병원으로 가주시겠어요?"

116

그런데 막상 도착해 보니 시간이 한참이나 남아 있었다. 아마 진수는 이제야 다리 난간 위에 올라섰을 터였다. 진태는 산책 겸 여의도 생태공원을 따라서 걸었다. 옆쪽에 샛강이 흐르고 있어 그런지 날벌레들이 엄청 많았다. 그중 한 마리가 콧구멍으로 들어가는 바람에 주변을 의식하며 점잖게 빼내느라 무척 애를 먹었다. 그러고 났더니 멀리 이마트가 보였다. 30분간 에어컨 바람을 쐬며 5천 원짜리 슬리퍼 한 켤레와 아이스아메리카노 한 잔을 샀다. 그리고 병원으로 돌아와 다 마신 커피 용기를 재활용 쓰레기통에 넣자마자 구조대원의 전화를 받은 것이었다.

진태는 구조대원이 내민 서류들에 능숙하게 서명하고 동생에게 다가갔다. 진수가 죽은 사람처럼 머리 위까지 하얀 이불을 끌어다 덮고 있었다. 이불을 잡아 내렸더니 얼마나 울었는지 눈 주위가 시뻘겋게 퉁퉁 부어 있었다.

안쓰러웠다. 이 녀석한테 이런 마음이 든 것도 참 오랜만인 것 같다, 하는 생각도 들었다. 그 전은 언제였더라? 아, 그땐가?

진태가 고등학교 1학년 때였다. 전교 10등인가를 했더니 어머니가 당시 유행하던 MTB 자전거를 사줬고, 진수가 그걸 한번 타보고 싶어 했었다. 그때 진태는 보란 듯이 자전거 바퀴에 자물쇠를 채웠다. 그런데 죽자고 달려들 줄 알았던 진수가 가

만히 서 있었다. 딱히 서운해하는 표정도 아니었다. 뭔지 모르게 초연한 얼굴로 "미안해, 형. 나 때문에." 하더니 제 방으로 들어갔다.

아니야, 아니야. 그땐 어머니가 몰래 열쇠를 복사해 줬잖아.

아, 역시 그땐가? 막내가 열두 살 때 생리를 시작하자 어머니는 방을 따로 줘야 할 것 같다고 말했었다. 그 말인즉슨 형제가 한방을 써야 한다는 의미였다. 상황이야 이해하고도 남지만 그게 어찌나 싫은지 진태는 발끈하며 집안을 뒤집어놓았다. 하지만 진수는 불평 한마디 않고 순순히 제 방을 내주었다. 옷가지들만 진태 방으로 옮기고는 주로 마루에서 지냈다. 대학을 포기했다고는 해도 진수는 그때 고등학교 3학년이었다.

무식해서 그렇지 착한 녀석이었다. 무슨 욕을 먹든 허허실실 잘도 받아넘기던 녀석이었다. 누구와도 경쟁하거나 맞서 싸우는 일이 없는 녀석이었다. 근데 그런 녀석이 왜 이건 못 참고 계속…… 역시 사랑인가? 하긴, 사람이 우습다고 그 사람이 하는 사랑도 우스운 건 아니겠지. 최소한 문자 그대로 죽을 만큼의 사랑이 아닌가.

진태는 안타까운 얼굴로 동생을 바라보다 조용히 말했다.

"진수야, 가자."

그러고는 침대에서 내려서는 진수의 발밑에 살포시 슬리퍼를 내려놓았다. 진수가 울컥 눈물을 터뜨렸다. 슬리퍼 두 짝을 꼭 그러쥐고는 바닥에 주저앉아 하염없이 눈물을 흘렸다.

"형…… 이 우주에서 말이야…… 내가 얼마나 의미 없는 존재인지 알아?"

"너뿐이겠냐. 나도 마찬가지지." 진태도 괜히 눈물이 나서 코를 훌쩍였다.

위안이 됐는지 끄덕끄덕하던 진수는 형의 깁스에 눈길이 갔다. "손목은 또 그랬어?"

"그러게 말이다. 이건 우주의 질서를 유지하는 데 꼭 필요한 건가 봐."

"형 나중에 팔 병신 되는 건가?"

"야, 이 개자식아."

13

고양이는 마당 한구석에서 낮잠을 자고 있었다. 처음 봤을 때보다는 살도 붙었다. 그날 이후로는 이곳이 제집인 양 밖에 나가지도 않았고, 정히 심심할 때면 친구들을 불러다 놓고 마당을 뒹굴었다.

고양이는 그렇다 치고, 삼남매는 저마다 죽을상을 하고 마루에 앉아 있었다. 서로 두세 번씩 깊은 한숨을 뿜어낸 뒤, 마침내 해민이 입을 열었다.

"사실 말이야……."

해민은 며칠 전 답답한 마음에 아주 용하다는 동성애 전문 타로마스터를 찾아갔었다고 했다.

"지금 그런 얘기 들을 기분 아니거든?" 진태가 불쾌한 티를 팍팍 냈다.

"동성애 전문 타로마스터? 그런 것도 있어?" 진수는 진짜로 궁금한 눈치였다.

"여튼! 그냥 끝까지 들어. 그때는 나도 대수롭지 않게 생각했는데, 이제는 오빠들도 알아야 할 것 같아."

타로마스터는 이제야 정체성을 깨달은 해민의 상황, 상대인 선배 언니의 기질 등 몇 가지를 뜨끔할 정도로 맞춘 후에, 아주 심각한 표정으로 묘한 이야기를 해주었다고 했다.

"원한과 분노가 보인다고 했어."

"원한? 분노?"

"가족으로부터."

"가족?"

"그 순간 누가 떠올랐게?"

진태의 눈이 예리하게 번뜩였다. "아버지?"

"응. 근데 그 타로마스터가 마치 내 생각을 읽은 것처럼 바로 말하는 거야. 그 사람은 여자보다는 남자인 것 같다고. 그리고 이미 돌아가신 분 같다고. 나 닭살이 쫘악 돋았어, 그때."

"아부지 아직 살아 있는데? 헤, 이거 완전 웃긴다."

"이제 알겠어. 그렇게 찝찝하던 게 뭐 때문이었는지." 진태가 말했다.

"뭐 때문인데?" 진수는 전혀 감이 오지 않는 모양이었다.

"장례 때문인 거야. 노하셨던 거라고."

해민이 힘주어 고개를 끄덕였다. "나도 같은 생각이야, 큰오빠. 이번엔 장례를 제대로 치러드려야 할 것 같아."

"아부지 때문에 이런 일이 생긴 거라고? 웃기지도 않네, 정말. 형, 설마 이 얘기를 진지하게 듣는 건 아니지?"

그러나 진태의 표정은 이미 진지함을 넘어 확신에 차 있었다. 진수는 해민에게로 화살을 돌렸다.

"너는 SF 하겠다는 애가 그딴 거를 믿냐?"

"코난 도일도 심령술 마니아였어!"

"『셜록 홈스』의 그 코난 도일?"

"그래!"

"말 같지도 않은."

"진짜거든?" 해민이 눈알을 부라렸다.

"그래, 그렇다고 치자. 근데 그냥 놔두면 어차피 이번이 마지막 아니야?"

그러자 진태가 의미심장한 투로 말했다. "판이 튄 게 두 번이 아니라 세 번이었으면? 응? 네 번이 아닌 건 확실해?"

"아." 진수가 고개를 끄덕이며 만장일치가 이루어졌다.

*

"미국 드라마에 보면 멋진 양복 입혀서 관 뚜껑 딱 열어놓지 않나? 엄청 근사하잖아."

"그리스에선 친인척들이 시신에 입을 맞춘다는데?"

"일본에선 조문객들한테 바리바리 선물을 준대. 감사의 뜻으로."

"패스."

"티베트에서는 독수리가 시체를 쪼아 먹도록 한대. 그러면 다음 생에는 엄청 부잣집 자식으로 태어나는 거고."

"야, 이 미친놈아, 좀 말이 되는 소리를 해!"

"형은 뭐 뾰족한 수 있어? 이것도 안 된다, 저것도 안 된다. 대체 뭘 할 수 있냐고!"

코스프레부터 가면무도회까지 별 해괴망측한 아이디어들이 밤새 오가다가, 결국엔 각자 알아서 하나씩 준비하는 것으로 결론이 났다.

동생들이 방에 틀어박혀 장례 준비에 열을 올리는 사이, 진태는 안방 문갑 서랍을 뒤졌다. 명함집이나 수첩 등 연락처가 적힌 것들을 모조리 찾아내 꼼꼼히 정리하기 시작했다.

"지난번엔 못 보던 거네?" 진수가 화장실에 가다 말고 참견했다.

"원한을 제대로 풀어드리려면 사람이 많아야 될 거 아냐. 오랜만에 친구들도 다 보시고."

"왜, 마지막이다 싶으니 이제사 부조금에 욕심이 나시나?"

"내가 너냐? 까불지 말고 너나 똑바로 해."

말은 그렇게 했지만 속으로 상당히 켕겼다. 로또가 안 되니 남은 건 이 방법뿐이었다.

야옹.

앞발을 꼿꼿하게 펴고 앉은 고양이가 진태를 빤히 쳐다보고 있었다.

"뭘 봐." 괜히 시비조로 말을 던졌다.

'좀 보면 안 되나?' 고양이가 왼발을 들어 귀를 긁어댔다.

그러는 걸 보고 있자니 진태는 마네키네코가 생각났다. 그의 서재 책상 위에도 한 마리 놓여 있었다. 아버지가 일본 여행을 다녀오면서 사다 준 복고양이였다.

어머니가 돌아가시기 두 달 전이었다. 진태가 취직 시험공부를 하다 마루에 나와보니 아버지 혼자 멍하니 텔레비전을 보고 있었다. 일본 여행 상품을 팔고 있는 홈쇼핑 방송이었다. "해외여행 가고 싶으세요?" 하고 묻자, 아버지는 대뜸 여기만큼 편한 곳이 어디 있냐, 다녀본 사람들도 죄다 한국만 한 곳이 없다고 하더라, 그런 뻔한 말들을 늘어놓고는 사실은 텔레비전을 본 게 아니라 그냥 딴생각을 하고 있었다며 말을 얼버무렸다.

진태는 내내 마음이 쓰였다. 삼남매가 전 재산을 탈탈 털어보니 얼추 돈이 맞춰졌다. 부부 동반 4박 5일짜리 일본 여행 상품을 구입했다. 그러자 아버지는 왜 말도 없이 괜한 짓을 했냐며 화를 냈고, 떠나는 날까지도 억지로 떠밀려 가듯 행동해서 보는 사람 마음을 무척이나 불편하게 만들었다.

공항까지 차로 모셔다드리려고 덩달아 새벽에 일어난 진태는 혹시 모르니 호텔 연락처라도 적어놔야겠다는 생각이 들었다. 그래서 아버지의 여행 가방 위에 올려져 있던 일정표를 펼쳐 들었다. 그 즉시 풋, 하고 웃음이 났다.

일정표 여백에 아버지가 빽빽하게 메모를 해놓았던 것이다. 어디에 가서는 무엇을 꼭 봐야 하고, 어디는 누가 무엇으로 유명하고, 또 어디서 파는 무엇은 맛이 참 좋다더라 하는 식이었다. 노인네, 좋으면서 내숭은.

공항에 도착했을 때도 아버지는 다들 리무진 버스를 타고 온 모양이다, 우리만 요란을 떤 게 아니냐, 하며 투정을 부렸지만 눈빛만은 숨기지 못했다. 아버지의 눈은 설렘으로 거의 빛을 내고 있었다. 진태는 왠지 감격스러우면서도 한편으론 이제야 보내드린다는 죄송스러운 마음이 들었다. 그것은 아버지의 첫 해외여행이었다.

그리고 무사히 여행을 마치고 돌아온 날, 기껏해야 온천과 사찰 몇 곳, 기념품점들이나 돌고 온 대단치 않은 여행이었을 텐데도 아버지는 저녁을 먹으며 술에 취한 듯 여행 얘기들을 줄줄 풀어놓았다. 아버지가 식사 중에 그렇게 말을 많이 하는 모습은 그 전에도 그 후에도 본 적이 없었다.

14

또다시 임종의 시간이 돌아왔다. 삼남매는 자꾸 시계를 보며 아주 대놓고 임종을 기다리는 분위기였다. 아버지의 눈가는 역시나 촉촉했고 모든 게 지난 두 번의 임종과 똑같았다.

그러나 한 가지만은 달랐다. 의사가 말을 걸어왔다.

"혹시 에이미라는 분을 아십니까?"

"누구요?" 삼남매가 동시에 물었다.

"에이미요."

"외국 사람인가요?" 진수가 물었다.

"저야 모르죠."

의사가 말하길, 몇 번의 응급상황으로 아버지가 중환자실에 있을 때 그 '에이미'라는 이름을 몹시도 애타게 불렀었다고 했다. 그러면서 덧붙였다.

"코마나 빈사 상태에 있는 환자들이 간혹, 과거 어느 특정 시점을 꿈처럼 경험하는 케이스가 있거든요."

해민은 퍼뜩 명상록이 떠올랐다. "혹시 미스 박 아니었나요?"

"아뇨." 의사가 고개를 저었다.

"그럼, 미스 김!"

"아뇨, 분명 에이미라고 하셨습니다."

어쩌라고? 삼남매는 성가시다는 눈빛으로 서로를 바라보다가 어깨를 으쓱했다.

잠시 뒤에 아버지는 과거 그랬던 것처럼 길게 마른 하품을 하며 저세상으로 떠났다. 그 즉시 진태가 동생들을 향해 고개를 끄덕, 하자 진수와 해민이 답하듯 끄덕, 했다.

*

세 번째 장례식이 시작됐다. 진태의 치밀한 노력 덕분에 지난번과는 비교가 안 될 정도로 많은 조문객들이 오고 갔다. 매번 맞절을 주고받느라 허리가 끊어질 듯 아프긴 했다. 하지만 이미 두 번의 장례식으로 숙련도를 높인 삼남매는 조문객의 심심한 위로를 기계적이면서도 나이스하게 받아넘기고 나서 쓰윽 봉투 하나를 내밀었다. 발인 날 치러질 영결식의 초대권이었다.

장례는 계획대로 착착 진행되어 갔다. 우선 두세 단계 업그

레이드된 장례용품들을 구매함으로써 기초부터 확실히 다져 나갔다. 연거푸 낯 뜨거운 상황을 연출했던 입관은 처음부터 세 사람이 달라붙어 혼신의 힘을 기울였고, 덕분에 관을 떨어뜨리는 불상사는 더 이상 일어나지 않았다. 늘어난 조문객을 받으랴 영결식을 준비하랴 이틀이 정신없이 흘러갔고, 드디어 영결식 날이 다가왔다.

8월 22일 오전 11시. 널찍한 장례식장 로비 한편에 스테이지가 마련됐다. 곳곳에 아버지와 어머니, 삼남매가 함께한 사진들이 전시됐고, 장례식에 두 번이나 참석하는 번거로움에도 불구하고 많은 이들이 자리를 채워주었다.

먼저 진태가 앞으로 나섰다.

간단히 아버지의 약력을 읊은 뒤에 찬찬히 좌중을 응시했다. "저희 아버지는…… 아마 여러분들에겐 너무나 메마르고 또 조금은 인색한, 그리고 식자우환이라 했던가요? 늘 이걱정 저 걱정으로 심신이 피로해 보이는 그런 분이셨을 겁니다."

때아닌 부정적 평가에 술렁술렁하는 소리들이 들렸다. 그러자 진태는 충분히 예상했다는 듯 끄덕끄덕하더니 약간 힘을 주어 말했다.

"하지만 저희 삼남매에게 아버지는…… 한 명의 시인이셨습니다."

진태는 상복 안주머니에서 오려낸 신문 조각 하나를 꺼내 들었다. 그리고 그윽한 목소리로 읽어 내려갔다.

안긴 나뭇잎

돌아왔다 돌아가는 인생은
피었다 지고 마는 꽃잎들
언젠가 황혼이 찾아들 때면
넌 누군지 모를 이의 짐이 되어
영원의 고향으로 이사를 간다.

그러나 슬프지 않다
자연의 아들이기에
살포한 품 안으로 돌아가는 너는,

그러나 슬프다
남긴 무엇이 없기에.

떨어져 안긴 나뭇잎은
맥없는 인간!

침묵이 금이란 말도 있지만은,

살아 지껄이는 것

이는 인간의 멋이 아니랴.

멋이 있어 슬픈 존재여!

맥을 끊어 모든 걸 해결히는,

너는 기쁘고도 슬픈 잎들이외다!

낭독을 마친 진태는 스스로의 감정에 도취되어 코를 훌쩍
였고, 진수와 해민이 열렬히 박수 치며 바람을 잡자 조문객들
의 박수도 이어졌다.

이번엔 진수가 나섰다.

진한 청회색의 딱 달라붙는 전신 타이즈 때문에 여기저기
서 수군거리는 소리가 들렸다. 진수는 양손을 포개 낭심을 움
켜쥐고 눈을 감았다. 그리고 가볍게 고개를 끄덕였다. 그것을
신호로 해민이 큼직한 포터블 CD 플레이어의 재생 버튼을 눌
렀다.

격렬한 탱고 음악과 함께 진수의 혼을 담은 춤사위가 펼쳐
졌다. 동작 하나하나가 그다지 훌륭하다고는 할 수 없었다. 하
지만 표정만큼은 수준급 댄서 못지않았다. 아버지와 함께했
던 단 한 번의 낚시 여행을 소재로 안무를 짰다고 미리 전해

130

듣기는 했지만, 아무 정보도 없이 지켜봐야 했던 사람들이 그 내용을 이해하기엔 다소 무리가 있어 보였다. 아버지의 낚싯 바늘에 걸린 물고기를 표현하던 진수가 고통스러운 표정으로 몸을 배배 꼬았을 때, 동시에 꾸웩꾸웩 헛구역질을 해댔을 때는, 심지어 몇몇 사람은 불편한 표정을 짓기도 했다. 그리고 마지막엔 뜬금없이 제 머리를 쓰다듬다 돌연 흐뭇한 미소를 지어 모두를 어리둥절하게 만들었다.

어쨌거나 진수의 스테이지가 무사히 끝나고 이제 막내 차 례였다.

해민은 밤새 그린 웹툰을 벽면에 투사하면서 등장인물들의 말풍선에 자신의 목소리를 입혔다. 작품의 제목은 〈사랑을 가 르쳐준 나의 아버지〉였다. 아버지가 로봇 장난감 두 개를 가 지고 해민과 놀아주는 내용이 주를 이룬 이 작품은, 아버지가 해민에게 깨달음을 전하는 것으로 끝을 맺었다.

"해민아, 잘 봐봐. 여기 이 두 친구는 둘 다 같은 로봇이지만 서로 사랑하고 있단다. 사랑은 그런 거야. 나와 같든 다르든 그 건 문제가 되지 않는단다. 그 어떤 다른 설명도 필요하지 않아."

아버지는 두 로봇의 손을 맞잡게 했다. 그리고 말씀하신다.

"이렇게 서로 끌리는 것, 그거면 충분하단다."

다분히 노골적인 주제였지만 진의를 알 턱이 없는 사람들 은 따뜻하게 박수갈채를 보냈다.

그리고 맨 마지막으로, 특별히 거금을 들여 초빙한 재즈팀이 마일스 데이비스의 〈아랑후에즈 협주곡〉을 라이브로 연주하며 영결식의 대미를 장식했다.

"장례식장에서 이게 뭐 하는 짓들이야!" 다른 빈소의 상주들과 잠시 언쟁이 오갔던 것을 제외하면, 그야말로 모든 것이 훌륭했다.

"비디오로 찍어둘 걸 그랬어!" 해민이 아쉬워하자 "다시 한번 할까?" 진태가 농담을 했고 "오빠!" "형!" 해민과 진수가 웃음을 터뜨렸다. 그러면서 대화는 자연스럽게 기존 장례문화에 대한 비판으로 이어졌다. '장례의 주인공은 고인이어야 하는데 오히려 상주들의 체면과 겉치레가 그 자리를 빼앗는다!' '과장된 신성함과 격식이 진정성을 해친다!' '고인이 어떤 사람이었는지를 기억하고 추억할 수 있어야만 진정한 장례다!' '내 가족의 장례를 생면부지의 사람들에게 맡긴다는 건 애초에 말도 안 되는 거다!'

"해민아, 나도 죽으면 이렇게 해줘!" 진수가 두 사람의 어깨에 양팔을 둘렀다.

*

벌써 세 번째 유품 정리 시간이었다. 그러나 지난 두 차례와는 분위기가 전혀 달랐다. 통닭에 피자까지 시켜놓고 대낮부터 아버지의 양주를 땄다. 고양이도 닭가슴살 한 덩이를 하사받고는 야옹, 하며 더없이 행복해 보였다.

"형, 지금 세계 인구가 얼마지?"

"글쎄, 한 69억?"

"그럼 이건 우리 세 사람만 겪은 거니까…… 우와! 23억분의 1인 거잖아? 상위 1프로 어쩌고 하는 놈들도 우리에 비하면 완전 껌이네, 그치?"

"히히. 오빠들, 우린 재수가 없는 게 아니라 선택받은 거였나 봐."

삼남매는 정말이지 오랜만에 자신들이 특별하다는 느낌을 받았다. 비록 불필요한 고통을 두 번이나 더 겪었어야 했지만, 그래도 꽤 괜찮은 보상이었다. 그것은 우월감이었다. 인류사회가 배양해 낸 최고의 당근. 평소 상상만 해봤지 실제로 먹어본 것은 이번이 처음이었다.

"그런 의미에서, 건배!" 진태가 잔을 들자, "건배!" 동생들도 기꺼이 그를 따르며 아버지를 여읜 지 48시간도 안 돼서 기쁘게 잔을 부딪쳤다.

자족적인 파티가 한창 무르익었을 때, 해민이 다락방에서 종이상자를 들고 내려왔다.

"그건 또 뭐 하러 들고 와?" 진수가 찝찝한 듯 궁시렁거렸다.

해민은 상자를 열고 명상록을 뒤적였다. "가만있자, 어떤 게 2권이더라?"

"만화책이냐?" 이제는 진태도 긴장을 풀고 농담을 날렸다.

"오빠들은 안 궁금해? 뒷얘기."

"별로."

"또 누구를 만나 어떤 로맨스를 펼쳤을지."

"그닥."

진태와 진수가 다리를 쭉 뻗고 술잔을 기울이는 사이, 해민은 두 번째 명상록을 읽어나갔다.

"오빠들 알고 있었어? 아빠가 상고를 나왔었네?"

15

두 번째 명상록은 회상으로 시작했다.

대구에서 상고를 다니던 아버지는 무척이나 대학에 가고 싶었지만 집안 형편을 이유로 만류하는 형님들 때문에 한이 맺혀 있었다. 할아버지는 그때 환갑을 넘긴 나이였고 집안 문제에서는 이미 뒷전으로 물러나 있었다. 아버지가 아무리 하소연을 해도 네 형님들이랑 잘 상의해 봐라, 하는 식으로 달랠 뿐이었다.

나는 지금도 아버지를 원망하지는 않는다. 말씀은 그리하셨어도 속으로는 얼마나 쓰리셨겠는가. 허나 형님들은 다르다. 고등학교 진학 시에 내가 상고를 택하였던 것도 형님들의 결정이 아니었던가! 아니, 그들의 이기심이 아니었던가! 왜 나는 꿈을 꾸면 안 된다는 것인가!

아버지는 단식투쟁에 돌입했고, 끝내 서울대에 간다면 허락하겠다는 조건부 승낙을 받아냈다. 아버지는 그야말로 피터지게 공부했다. 그러나 서울대를 갈 만큼의 수준에는 도달하지 못했다. 역시나 그해 입시에 실패했고, 몇 달 동안 형님들의 비웃음을 견디며 조르고 또 졸라서 재수의 기회를 얻어냈다.

아버지는 1년 동안 인근 절에 들어가 밤낮없이 공부했다. 방 천장에 '백절불굴(百折不屈)'이라고 써 붙여놓고는 아침에 눈을 뜨자마자 의지를 되새기고 잠자리에 누워서도 재차 되새기며 나태함이 끼어드는 걸 허락하지 않았다. 하지만 그렇게 공부를 해놓고도 서울대에 떨어질까 봐 점점 두려워졌다. 결국 서울대에 원서를 넣으러 간다며 서울에 도착한 아버지는, 형님들 몰래 서울대가 아닌 연세대학교 영문과에 원서를 넣었다. 때문에 합격을 하고도 이를 알리지 못해 끙끙 앓았던 기억을 아버지는 쓸쓸하게 회상했다.

일기의 날짜들은 1966년 가을로 접어들고 있었지만, 그 시대의 낭만이나 새로운 로맨스는 더 이상 등장하지 않았다. 마치 회고록을 쓰듯 그 뒤로도 쭉 회상들이 이어졌다. 어릴 적 할아버지가 사 준 어린이 양복을 자세히 묘사해 보기도 했고, 사촌 당숙들 간의 칼부림 떠올리며 새삼 공포에 사로잡히기도 했다.

과거가 아닌 현실을 언급한 내용은 죄다 빈곤에 관한 이야기들이었다. 집에서 보내주던 용돈이 끊겼다, 한 끼를 굶었다, 두 끼를 굶었다, 차비가 없어 두 시간이 넘게 걸어서 학교에 다녀왔다 등등. 거기다 시골 형님들은 올해는 농사를 망쳤다, 너는 왜 장학생이 되지 못하는 거냐, 영문학 따위를 배워서 나중에 취직이나 할 수 있겠냐는 식의 비난의 편지를 보내 아버지의 목을 졸랐다.

그리고 1967년 6월, 아버지는 결국 학교를 그만두기로 결심했다.

나는 행복하였다. 지금까지. 금일이 나의 대학 생활의 마지막인 동시에 영원의 계속이다.

내가 대학에 왜 왔던고? 보다 나은 것을 갈망하는 자로서, 누구보다 생을 뜨겁게 살려고 들어왔다. 그러나 그것은 허망한 꿈이었다. 아는 것은 그만큼 인간에게 고통과 괴로움을 주는 것인지도 모른다.

앞으로 나의 길은 과연 험악할까? 의의를 찾을 수 있을까? 내 손은 노동으로 닳아 없어져도 좋다. 그러나 내 머리만은 깨끗하게 보존할 수 있기를…….

하지만 다음 날도 그리고 그다음 날도 아버지는 지치도록 걸어 학교에 나갔고, 도서관에 멍하니 앉아 있다가 다시 지치도록 걸어 하숙집으로 돌아왔다.

한번은 교수님 댁을 찾아간 일도 있었다. 아버지는 한 시간 넘게 울먹울먹 학교를 그만둘 수밖에 없는 자신의 처지를 털어놓았다. 교수님은 내내 말없이 아버지의 하소연을 들어주고는, 아직 식사 전이지 않냐 물으며 아내를 시켜 저녁을 차리게 했다. 아버지는 눈물을 흘리며 주린 배에 볶음밥을 채워 넣었고, 교수님은 아버지의 기운을 북돋아 돌려보내며 적지 않은 액수의 돈과 영화 초대권 한 장을 주었다.

실제로 그날의 일기 밑에는 '명륜극장'이라는 곳의 초대권 한 장이 밥풀로 붙어 있었고, 절대 은혜를 잊지 않겠다, 절대 현실에 굴복하지 않겠다는 다짐이 적혀 있었다.

그러나 현실은 아버지를 굴복시키고 싶은 게 분명했다. 고난은 거기서 끝나지도 않았고 아버지의 삶은 조금도 평탄해지지 않았다. 때문에 아버지는 자신을 구약성서의 욥에 비유하기도 했다. 하늘은 왜 자신을 계속 시험에 들게 하는 것인지, 왜 고난만 닥쳐오는 것인지.

3학년 2학기가 되면서 아버지는 서울에 직장을 얻은 큰형님 댁에 얹혀 지내게 되었는데, 그것이 또 다른 고난의 시작이었다. 무엇보다 하루가 멀다 하고 반복되는 큰형님 내외의 부부싸움을 견뎌야만 했다. 그중 대다수의 논쟁거리는 아버지의 뒤치다꺼리에 대한 형수님의 불평이었기에 더욱 고통스러웠다. 한겨울인데 쪽방에 불을 안 넣어주기도 하고, 조금이라도 집에 늦게 들어오면 저녁밥은 기대도 할 수 없었다. 어떤 날의 일기는 자그마치 열한 페이지나 채워져 있었다. 어지간히도 서운했던 것 같았다. 하지만 그 끝에는 늘 형님과 형수를 원망하지 않으려 애를 쓴 흔적들이 남아 있었다.

형수님께서 밥을 지어 방으로 들어가셨다. 조카들은 모두 밥을 먹고 있는데 나를 부르지 않는다. 그렇다고 내가 들어가 먹어 치울 수도 없다. 처음부터 내 몫은 안 가지고 들어가는 것을 나는 얼핏 보았다. 나는 또 저녁을 굶어야 하는구나! 생각하며 지금 이 명상록을 들어 기록하고 있다.

나중에 내가 이 글을 읽게 된다면 그때도 형수를 원망할까? 아니다. "그때는 내가 바보였지!" 하고 웃었으면 좋겠다. 그때는 나도 어엿한 사회인이 되어 형님과 형수께 잘하고 있어야 할 텐데…….

그렇게 명상록 2권이 끝나자 삼남매는 하아, 하고 동시에 한숨을 뿜었다.

"큰아빠 큰엄마 완전 나쁜 사람들이었네!" 해민이 말했다.

"용돈 많이 준다고 제일 좋아하던 게 누구였더라?" 진수가 비아냥거렸다.

"그건 어릴 때 얘기고! 다음에 만나면 꼭 따져 물을 거야. 우리 아빠 왜 그렇게 괴롭혔냐고. 아니, 표정들이 왜 그래? 내가 못 할 거 같아?"

"할 거 같아. 너라면 충분히."

진태가 그렇게 말하고 웃자 진수와 해민이 킥킥대며 따라 웃었다.

해민은 내친김에 3권을 펼쳐 들었다. 그러고는 "어?" 하며 다시 내려놓았다. 2권과 3권 사이에 상당한 기간의 공백이 있었던 것이다. 2권의 끝은 67년 12월인데, 3권의 시작은 68년 8월이었다.

해민은 서류 봉투를 열어 지인들의 편지를 훑어보았다. 그 기간의 행적을 유추해 볼 수 있는 단서는 하나뿐이었다. 그것은 '옥남'이라는 아이가 보낸 삐뚤빼뚤한 글씨의 편지였다.

그리운 선생님.

저는 언제든지 선생님을 잊지 않아요. 저는 어제저녁 자리에 누어 있으려니까 선생님 생각이 머리를 떠올랐세요. 그때 벼란

간 옥희에게로 달려가서 우리 내일 편지 쓰자. 나는 선생님께 편지를 퍽 오래동안 안 해서 선생님께 참 미안해. 내게 잘못이 많았어. 옥희 보고 그랬세요.

집에 와서 저는 아기를 업고도 자꾸 선생님 생각이 났어요. 소문이란 것은 우리들의 눈과 귀를 속여요. 선생님께서 돌아가셨다잖아요? 그래서 저는 눈에 눈물이 맺혔어요. 우리들은 급해서 강 선생님께 달려갔지요. 강 선생님께서 아니라고 하시기에 저는 참 기뻐세요.

선생님 어디로 가셨나요? 또 다른 데로 이사 가셨나요? 편지를 했드니 편지가 도루 왔쎄요. 강 선생님도 떠나시고 우리들은 홀로 있는 거 같에요.

선생님은 언제나 보고 싶은 그리운 선생님이어요. 흰구름이 떠오르는 무더운 여름날에도 선생님과 웃는 얼굴로 공부하고 싶어요.

옥남 올림

그러나 이 편지가 아버지에게 보낸 거라고 단정 짓기에는 무리가 있었다. 아버지의 이름이 전혀 언급되어 있지 않았다. 선생님이라는 호칭 또한 낯설었다. 학교에서 선생 노릇을 했다는 애기는 전혀 들어본 적이 없었다. 농촌 봉사활동 같은 게 아닐까 싶었지만 어디까지나 추측일 뿐이었다.

해민은 다시 3권을 펼쳐 들었다. 명상록 3권은 군 복무 시절의 이야기였다.

1968년 여름, 아버지는 해병대에 자원입대했다. 아버지의 입대를 두고 주변에선 말들이 많았다. 아무런 상의도 없이, 그것도 해병대에 입대했다며 형님들은 노여워했고, 형수는 대우가 섭섭해서 홧김에 그런 거 아니냐며 난처해했다.

삼남매가 생각하기에도 그것은 충동적인 선택이었음이 분명해 보였다. 과거의 일기들에 대학을 졸업한 뒤에 학사 장교를 가겠다는 얘기는 있었지만, 스스로를 단련하기 위해 더 혹독한 환경에 몰아넣겠다는 식의 계획은 그 어디에도 언급된 적이 없었다.

이유가 무엇이었든 어쨌거나 아버지는 해병대에 입대했고, 귀신을 잡은 적은 없지만 정말 쉽지 않은 나날들을 보냈다. 그렇게 이등병의 설움을 견디고, 일병이 되고, 상병이 된 아버지는…….

"아악!" 해민이 빽 소리를 질렀다.
"왜!"

"있다!"

"뭐가?"

"에이미!"

"누구?"

"에이미! 기억 안 나? 아빠 임종 때 의사가 물었던 이름!"

"그 여자가 지금 그 일기장에 나온다고?"

16

상병을 달고 얼마 지나지 않아 아버지는 김 중사라는 분의 소개로 어느 여자와 펜팔을 시작하게 되었다. 아버지는 본명을 썼지만 그녀는 '에이미'라는 가명을 썼다. 아버지가 이유를 궁금해하자 그녀는 에이미라는 이름엔 가장 사랑받는다는 의미가 담겨 있다고 답장했다.

"이 여자 실제로 존재하는 거 맞아? 상상 친구 같은 거 아니냐고. 우리 아부지라면 그러고도 남잖아."

매우 설득력 있는 추론이었지만 이번엔 그렇지 않은 것 같았다.

달링! 우리는 서로의 앞날을 빌어주며 이렇게 편지를 하다가 그 어느 때 한번 만나면 정말 미친 듯이 반가와하겠지?

세 번째 편지 만에 그녀를 '달링'이라고 불렀을 정도로 두 사람은 뭔가 특별한 교감을 느끼고 있었다. 상대에게서 편지가 도착하기를 3일, 하루는 편지를 쓰고, 그 편지가 다시 상대에게 전달되기를 3일. 두 사람은 일주일에 한 번씩 편지를 주고받으며 서로에 대해 알아갔다.

　물론 아버지가 보낸 편지도, 그녀로부터 받은 답장도 존재하지는 않았다. 하지만 아버지의 명상록은 편지를 직접 쓰기 전에 미리 적어보는 용도로도 쓰였던 것 같았고, 한 페이지는 아버지의 편지, 다른 한 페이지는 그녀로부터 받은 편지에 대한 감상이 적혀 있었기 때문에 그 내용을 짐작하기는 그리 어렵지 않았다.

　에이미! 당신 생각을 하다 보니 어쩐지 님의 모습을 느낄 수 없어, 안타까운 나머지 사진을 부탁해야겠어요. 저도 할 수 없이 다음 기회에 보낼 수 있도록 노력을 해보겠습니다. 허나, 저가 세상에서 제일 싫어하는 것이 사진 찍는 것인지라…….

이 대목에서 삼남매는 웃음이 터졌다.
"하여간 남자들이란!"
"군바리들은 다 똑같아!"

매번의 편지마다 아버지가 사진을 보내달라고 요구했지만 에이미는 끝까지 이를 거부했다. 그러면서도 만약 아버지의 사진을 보내준다면 굳이 사양하지는 않겠다고 했다. 그때부터 그녀는 자신을 '욕심쟁이 아가씨'라고 칭했고, 아버지를 '고집쟁이 아저씨'라는 별명으로 부르기 시작했다.

아버지의 다음 작전은 면회였다. 사진이 안 되니 실물을 보는 수밖에. 하지만 에이미라는 여자는 그렇게 호락호락한 상대가 아니었다. 처음부터 거절하면 계속 조를 것이 뻔했기 때문에, 봄동산에 개나리 진달래가 피면 바람이 그쪽으로 불지 않겠냐는 식으로 아버지의 입을 막아놓고는 막상 그때가 되면 면회를 오지 않았던 것이다.

욕심쟁이 아가씨!

희망이 없는 존재이나 그래도 내일을 바라고 사는 인간의 마음에 더 이상 파문을 일으키지 마라. 이는 너와 나 서로 간에 손해이니까. 아아, Love is blue란 말이 정말 진실인 것 같구나!

"이 여자 뭐야? 아무리 시대가 요즘하곤 달랐다지만 좀 너무하네. 면회 와달라고 한 게 한 열 번은 되지 않아? 이번엔 가겠다, 다음엔 꼭 가겠다, 그래 놓고 이게 뭐 하는 거야? 아부지 성질만 버려놓고 있잖아."

"뭐가 너무해? 이러니까 군바리들이 죄다 그저 그런 똥파리로밖에 안 보이는 거야. 아빠 속셈이야 뻔한 거 아니야? 면회 오면 외박증 끊어서 읍내 여관에 가려는 거잖아. 아빠 일기장에 플라토닉 러브, 지성인으로서의 사랑이란 말이 열댓 번은 나와. 그랬던 사람이, 참 나."

"서로 사랑한다잖아."

"사랑을 해도 그렇지. 편지만으론 안 되는 거야? 아니 꼭 같이 자야 위문이 되고 위안이 되나? 군바리들 머릿속엔 정녕 그딴 거만 들어 있는 거야? 국방의 의무를 지랬더니 어디서 되도 않는 욕정의 권리를 찾고 있어, 이 저질들."

"근데 이런 얘기 네가 하니까 좀 그렇다? 넌 군대에 위문 갈 일이 지금도 그렇고 앞으로도 그렇고 영영 없을 애잖아."

"여군도 있거든?"

"야!"보다 못한 진태가 버럭했다.

기대와 서운함의 반복 때문이었는지 아니면 아버지가 실제 편지에선 쿨하게 대처한 때문이었는지, 두 사람은 서로에게 더없는 애착을 느끼고 있었다. 그리고 그토록 기다리던 휴가가 2주일 앞으로 다가왔다. 두 사람은 첫 만남의 약속을 정했다. 종로 단성사 앞, 오후 2시. 어떻게 하면 그녀를 알아볼 수 있는지 아버지가 묻자, 그녀는 자신이 가장 좋아하는 곡을 흥

얼거리고 있겠다고 답장을 해왔다. 〈아랑후에즈 협주곡〉이라
는 곡을.

"그렇구나……. 토요명화 마지막 날, 아빠의 눈물은 이 여
자 때문이었던 거야." 해민이 허탈한 듯 말했다.

"와아, 이 얘기에 감탄을 해야 되는 거냐, 아니넌 실망을 해
야 되는 거냐." 진수가 구시렁거렸다. "그땐 엄마 돌아가시고
한 4년쯤 지났을 때 아닌가?"

"시끄러워. 그래서 어떻게 됐는데?" 진태가 막내를 보챘다.

삼남매는 묘한 실망을 느끼면서도 점점 더 두 사람의 이야
기에 빨려 들어가고 있었다.

〈아랑후에즈 협주곡〉이 대체 어떤 곡이냐고 아버지가 되
물었지만 에이미는 심술궂게도 가르쳐주지 않았다. 노력해서
찾으라고 했다. 아버지는 중대장부터 말단 졸병까지 닥치는
대로 붙들고 물어보았다. 하지만 그 협주곡에 대해 알고 있는
사람은 아무도 없었다. 그래서 그즈음의 일기들엔 하루는 절
망이 하루는 기대가 마치 싸움을 하듯 서로 나란히 한 페이지
씩을 차지하고 있었다.

그러다 마침내 아버지가 휴가를 나왔다. 2박 3일의 짧은 휴
가여서 아버지는 시골 고향 집에서 하루를 머문 뒤에, 아니 밤

새 뜬눈으로 지새운 뒤에 새벽같이 짐을 챙겨 서울로 올라왔다. 그러고는 이발소에 들러 단장을 하고 나서 점심도 거른 채 약속 장소를 향해 달려갔다.

오후 2시 10분 전에 단성사 앞에 도착한 아버지는 에이미를 찾아 사방을 두리번거렸다. 또래 여자가 보일 때마다 곁에 다가가 귀를 쫑긋 세웠다. 그러나 아무리 기다려도 노래를 흥얼거리는 여자는 나타나지 않았다. 그렇게 기다리기를 두 시간, 다시 두 시간, 그리고 또 두 시간을 기다린 후 거리가 어둑어둑해진 뒤에야, 아버지는 간신히 발걸음을 뗄 수 있었다.

다음 날은 귀대 날이었다. 하지만 아버지는 미련을 버리지 못했다. 에이미가 날짜를 헷갈렸을지도 모를 일이었다. 아버지는 귀대 의무도 잊은 채 다시 단성사 앞에 나가 그녀를 기다렸다. 그러나 역시 그녀는 나타나지 않았고, 허탈감에 빠져 밤새 거리를 쏘다니다 이른 아침 부대로 복귀한 아버지는 결국 영창행을 면할 수 없었다.

"영창? 우리 아빠가? 그렇게 새가슴이었던 사람이?"

"이거 아주 웃기는 여자구만! 우리 아부지를 대체 뭘로 보는 거야? 남자 마음 갖고 장난질 치는 여자가 세상에서 제일 나쁜 여자야!"

우리는 만나지 못하고 아까운 기회만을 놓치고 말았다. 불완전한 인간의 행위에서 빚어진 것들이기에 나는 당신을 가혹하게 원망하거나 책하지 않으련다. 만약 서울의 거리에서 너를 만났더라면 속세에 묻혀 과연 내가 너를 어찌 대했을는지……. 멀리서 생각하며 서로를 아껴주는 것이 어쩌면 젊은 철부지들에겐 오히려 좋은 일일는지도…….

아버지가 영창에 있던 보름 동안, 에이미는 아버지와 연락이 끊겨 무척이나 걱정한 것 같았다. 한 무더기의 편지가 부대로 복귀한 아버지를 기다리고 있었다.

아버지는 몸이 아파서 군 병원에 있었다고만 했을 뿐 그녀를 기다렸던 일도, 그 때문에 영창에 갔던 일에 대해서도 전하지 않았다. 하지만 그러면서도 그녀가 약속 장소에 나오지 않은 이유는 궁금할 수밖에 없었고, 이를 조심스럽게 묻는 아버지의 편지에 그녀는 갑자기 장난기가 발동해 아버지를 골탕먹이고 싶었다고 답을 해왔다. 아버지가 진정 어떤 인격의 소유자인지가 궁금해서 한번 시험해 보려고 일부러 나가지 않았던 거라고 했다.

아버지는 머리끝까지 화가 났다. 그런데 이상하게도, 그렇게 화가 나면서도 막 웃음이 터져 나왔다.

이 독특하고 뻔뻔하고 심술궂은 아가씨를,
꼭 나만의 여성으로 만들 것이다!

그렇게 몇 개월이 흘렀고, 면회를 와달라는 수차례의 간곡한 부탁이 또 거절당한 후에, 두 사람은 드디어 첫 만남을 갖게 되었다.

신촌로타리 왕자다방. 오후 4시.

아버지는 그날의 감회를 이렇게 적었다.

얼마나 기다렸던가! 상면의 그날을!
나는 커피를 에이미는 밀크를 시켰다.
우리는 그렇게 마주 앉아 한동안을 아무 말도 하지 않고,
그저 상대의 얼굴만을 바라보며 계속 웃기만 하였다.

그토록 궁금했던 서로의 얼굴을 마주하고도, 따지고 싶은 것과 묻고 싶은 것이 산더미처럼 쌓여 있었는데도 두 사람은 계속 웃기만 했다. 아버지는 그렇게 천신만고 끝에 마주하게 된 그녀의 모습이 자신의 생각과 너무 다르고 또 너무 같아서 웃음이 나왔다고 했다.

"그게 뭔 말이야? 너무 다른데 또 너무 같다니? 머리가 어떻게 된 거 아니야?"

"상상했던 모습과는 달랐지만, 마주한 그 에이미라는 여자의 진짜 모습이 오히려 더 매력적이고 사랑스러웠다는 거잖아. 으이그, 오빠가 사랑에 대해서 뭘 알겠냐. 이러니 한강에나 뛰어들지."

"너도 사랑 얘기 할 주제는 아닌 거 같은데?"

"무슨 뜻이야? 내 사랑이 어때서? 어째 혐오 발언으로 들리는 건 나뿐인가?"

"닥치고 그냥 읽으라고!" 진태가 넌더리를 내며 소리쳤다.

이제 두 사람은 서로를 시험하거나 속이는 일 없이 온통 진심 어리고 애틋한 말들로 편지를 채워 나갔다. 그리고 아버지의 애타는 부름에 못 이겨 결국 그녀가 면회를 왔고, 아버지는 외박증을 끊어 읍내 여관에 들었다.

"오호라!"

"쉿!"

두 사람은 밤새 서로의 살결을 느꼈다. 그러나 그 이상의 것을 하지는 못했다. 아버지는 이것을 두고 에이미와 자신 둘 모두를 위해 현명한 행동이었다고 적고 있었지만, 이 때문에 고참과 동기들로부터 웃음거리가 되었음을 숨기지도 않았다.

에이미는 무엇 때문에 나를 좋아하는지 모르겠다. 너와 내가 사랑에 굶주렸기 때문일까? 함께 밤을 새웠던 그날을 생각하면 정말 못 견디게 당신이 보고 싶어진다. 보드라운 살결에서 풍기는 체취가 어쩌면 당신을 더욱 사랑하게끔 했는지도 모른다.

허나, 전우들은 나를 보고 바보라고 한다. 같이 한밤을 새면서 그것이 없었다고. 나 또한 남자이기에 그것을 싫어할 리 없다!

에이미! 우리 둘 모두를 위해 현명하였음은 내 의심치 않으나, 언제고 너가 다시 찾아오는 날! 에이미의 마음 여하에 따라서, 내 얼마든지 행동하여 줄 마음의 각오는 되어 있다!!!

느낌표를 꽝꽝꽝 세 개나 찍어놓은 걸 보면 무척이나 아쉬웠음이 틀림없었다.

"못났다! 못났어!" 진수도 덩달아 아쉬워했다.

해민이 명상록 3권을 내려놓자 곧바로 진태가 4권을 들이밀었다. 삼남매는 저녁을 굶었다는 사실조차 잊고 있었다. 피자는 뻣뻣하게 굳어버렸고, 고양이가 통닭을 세 조각이나 훔쳐 갔지만 전혀 눈치를 채지 못했다.

17

두 사람은 사랑을 해나갔다. 일주일에 한 번씩 빠짐없이 편지가 오갔고, 한 달이 멀다 하고 면회를 왔고, 특별한 언급은 없었지만 더욱 깊은 관계가 되었음이 분명했다. 그리고 1971년 8월, 아버지는 군을 제대했다.

이제 둘 사이에 장애물은 없어 보였다. 꿈같은 데이트들이 이어졌고, 서로가 바라는 남편상과 부인상에 대해 많은 대화가 오가며 좀 더 구체적인 미래를 그려나갔다.

그런데 결국 사건이 벌어지고 말았다. 에이미가 임신을 했다.

"뭐어?"

삼남매는 한동안 멍해 있었다.

"확실한 거야? 응? 거기 그렇게 적혀 있어?" 진태가 물었다.

해민이 조용히 고개를 끄덕였다.

이거 계속 읽어야 하나? 괜히 오늘 기분 다 망쳐버리는 거 아니야? 감당 못 할 결과라도 알게 되면 어쩌려고? 콩알만 한 유산이 반의반 쪽이 되는 거잖아? 순식간에 많은 의문이 떠오르며 삼남매가 서로의 눈치를 살폈다. 하지만 해민은 이왕 여기까지 읽은 거 어쩌겠냐는 듯 어깨를 으쓱하더니 다시 읽어 나갔다.

그녀는 뭔가를 감추는 듯했다. 요즘 몸이 좋지 않다는 얘기를 하기도 했고 몇 번인가는 데이트 약속을 어기기도 했다. 아버지는 그녀의 임신을 예감하면서도 정확히 묻지를 못했다. 두려웠던 것이다. 비록 성인이었다고는 해도 아버지는 아직 학생일 뿐이었다.

그날은 눈이 내렸다. 우리가 서로의 팔을 베고 누워 있을 때 에이미가 물었다. "만약 아기라도 생기면 어쩌죠? 그럼 난 어떡하죠?"

나는 대답했다. 나는 내가 한 모든 일에 책임을 지는 사람이다. 고로, 나는 당신과 아기를 책임질 것이다.

허나 그 얼마나 우스운 말이었던가. 내심 그런 일은 벌어지지 않을 거라 가볍게 여기었던 게 아닌가. 그리고 몇 달이 지나 수심 가득한 너의 배를 어루만지며 감동을 지껄일 때조차 나는

두려움을 숨기고 있었던 것이다. 생명이 아니라 한갓 실패로,
또 하나의 고난으로 여기었던 것이다.

　나 자신이 한없이 부끄럽기만 하다. 모두가 나의 두려움으로
부터 시작된 것이다. 모든 불행은 항상 다름 아닌 나로 인한 것
이었다.

에이미는 석 달 후 경기도 김포의 작은 병원에서 아기를 유
산했다.

　아버지는 병원비를 마련하기 위해 에이미를 홀로 병실에
남겨두고 병원을 나섰다. 이 골목 저 골목을 뛰어다니며 식당
이건 가게건 불 켜진 아무 곳이나 들어가 돈을 빌려달라고 하
소연을 했다. 그러기를 한 시간이 되고 두 시간이 되고, 결국
군 복무 시절 두 사람이 자주 들었던 여인숙에 찾아가 주인에
게 돈을 융통해 돌아오기까지 네 시간이 넘게 걸려버렸다. 아
버지는 미친 듯이 달렸다. 에이미에게 죄스럽기가 이루 말할
수 없었다. 가난한 집안에 태어난 걸 그때만큼 저주해 본 적이
없었다고 했다. 아버지가 병원에 도착했을 때 에이미는 기다
리다 지쳐 잠이 들어 있었다. 아버지는 울컥 눈물이 났다. 사
랑한다는 말을 몇 번이나 되뇌었는지 모른다고 했다. 서로를
끌어안고 감미롭게 속살일 때보다 몇 배나 더 간절하게 되뇌
었는지 모른다고 했다. 그리고 미안하다는 말은, 죽을 만큼 미

안하다는 말은 가슴속으로만 외쳤다고 했다.

삼남매는 한숨을 내쉬었다. 다행스럽기도 하고 안타깝기도 하고 뭐라 정의하기 어려운 그런 한숨이었다. 잠시 침묵이 이어지다 서로의 눈을 마주치고는 희미한 미소를 주고받았다.

이 사건이 둘의 사랑을 변화시킨 것은 아니었지만 현실이 무엇인지를 깨닫게 하기엔 충분했다. 이때부터 아버지는 집안 형편이나 돈에 관한 이야기가 나오면 은근슬쩍 넘기거나 화제를 돌리려 애썼고, 집에 돌아와선 일기장에 그 사실을 적으며 고통스러워했다.

게다가 그즈음 어렵게 얻은 빈촌의 월세방에 도둑이 들었다. 할아버지가 사 준 시계며 아끼던 레코드판이며 조금이라도 값나가는 것들은 모조리 사라져버렸다. 아버지는 그야말로 하늘이 무너지는 것 같았다고 했다. 아니, 하늘이 자신을 버린 것 같았다고 했다. 아버지가 일찍이 자신을 왜 욥에 비유했었는지 십분 이해가 가는 대목이었다. 그리고 그 뒤에 보여준 아버지의 행동조차 욥과 흡사했다. 참으로 아이러니하게도, 아버지는 복권을 사서 자신을 버린 그 하늘에 대고 행운을 빌었다.

4조 1020721 당신을 위해, 5조 1170121 나를 위해.

아! 하늘이시여!

그렇게 추운 겨울을 보낸 아버지는 1972년 3월, 대학 4학년에 복학했다. 빈곤은 여전했다. 끼니는 자주 걸렸고 제대한 지가 언젠데 뻑하면 군복을 입고 학교에 나갔다.

하지만 이 시기의 아버지는 분명 변해 있었다. 아버지는 더이상 막연하게 훗날의 영광을 떠올리는 낭만적 비관자가 아니었다. 현실이 보다 냉혹하고 뚜렷하게 보였다. 에이미와 결혼을 해야 했고, 그러려면 우선 이 지긋지긋한 가난을 벗어나야 했다. 비로소 아버지는 자신이 처한 현실과 미래에 대해 구체적으로 고민하기 시작했다. 그리고 자신의 꿈에 대해서도.

이제 마지막 5권이었다.

해민은 첫 페이지에 눈을 대자마자 이렇게 물었다.

"오빠들, 아빠 꿈이 외교관인 거 알고 있었어?"

진태와 진수가 똑같이 고개를 저었다. 전혀 몰랐던 사실이었다.

내 나이 이제 28세! 삼십 대엔 완전한 궤도에 올라서야 한다.

그리하여 10년 후면 40이요, 그때는 내 나름대로 발전의 단계에 있을 것이다. 외교관이 되어 국제무대에서 활동하게 될 때 사나이로서 태어난 보람이 있으며, 지금까지 나를 돌봐준 부모형제와 에이미에게도 보람을 느끼게 할 수 있을 것이다.

　노력하자, 성공의 그날까지! 후세들이 한국을 위해 일할 수 있는 기틀을 만들어줘야 한다!

이날부터 거의 모든 일기는 외무고시 준비에 관한 것들이었다. 그날그날의 공부 계획을 세우고, 혼자서 모의시험을 치르고, 자신의 성취와 애초의 계획을 비교하며 스스로를 질책하고, 다시 계획을 수정하며 의지를 다져나갔다.

　그리고 만나고 싶어도 공부에 방해가 될까 눈치를 보는 에이미를 생각하면서, 그녀 못지않게 애타는 그리움과 미안함 또한 중간중간 한 페이지씩 채워져 있었다.

　에이미! 지금은 새벽 2시 20분이야! 지금쯤 부모님 곁에서 포근히 잠들고 있겠지? 귀여운 에이미가 꿈에서는 나를 만나려고 밤마다 애타게 기다리고 있을까?

　맞아. 기다림이란 정말 지루하고 안타까운 것이지. 허나 조물주는 그것만을 인간에게 부여하여 생을 영속시키고 있어. 기다림이 없었던들 우리들은 희망을 가질 수 있었을까?

아버지는 학교, 도서관, 집을 왕복하며 자신의 계획표대로 기계처럼 하루하루를 보냈다. 대체 언제 자고 언제 밥을 먹는다는 것인지 시간 단위로 적혀 있는 그 계획표들은 숨이 막힐 지경이었다. 어차피 굶기를 반복하니 식사 시간 따위는 필요 없는 듯이 보였다. 그리고 이때부터 머리가 아프다는 말이 자주 등장했다. 버스에서 주저앉기도 했고, 하루 종일 누워 있기도 했다. 그런 시간들이 6개월을 이어졌다.

"뭐냐, 너." 진수가 당황한 얼굴로 물었다.

해민의 목소리가 점점 떨리고 있었던 것이다.

"오빠들…… 어떡하지?" 해민이 울먹울먹하며 말했다. "아빠가…… 아빠가 꿈을 위해서 이렇게 열심히 노력하고 있지만…… 우리는 이미 다 알고 있잖아. 아빠 꿈이…… 결코 이루어지지 않는다는 걸……."

해민은 결국 울음을 터뜨렸다. 그리고 한참을 끅끅거리고 나서야 다시 명상록을 들었다.

진태가 '계속 읽어봐야 더 서글프기만 하지 않겠어?' 하는 눈빛을 보냈지만, 해민은 '내려놓기에도 이미 늦지 않았어?' 하는 눈빛으로 대꾸했다.

금일의 기쁨!

아침을 먹고 개집을 들여다보니 주인집 Happy가 새끼를 낳으려는 모양이었다. 그래서 나는 헌 가마니를 풀어 개집에 넣어주었다. 얼마 안 있어 새끼를 낳기 시작하여 세 마리를 낳았다. Happy는 엉겨 붙은 새끼들이 탈이 날까 걱정이 되었는지 한 마리씩 주둥이로 밀어 떼어놓았다. 비록 동물이지만 새끼를 그렇게 귀여워하며 조심조심하는 것은 정말 사람 이상이다.

나는 문득, 아니 시종일관 지난날의 일이 떠올랐다. 정말…… 정말…… 지금쯤 재롱을 부릴 것 같은 생각을 하니 자꾸 힘이 빠졌다.

Happy가 다시 마당에 나와 오줌을 싸고는 까만 새끼 한 놈을 더 낳았다. 이제 기력이 다한 듯 주저앉길래 나는 새끼가 매달린 채로 Happy를 안아 개집에 옮겨주었다. 그리고 앞 가게에서 짚을 얻어와 더 많이 넣어주었다.

주인아주머니께서 고마우셨던지 100원을 수고비라고 주시며 담배나 사서 피우라고 했다. 금일은 참으로 소중하고 기쁜 날이다. 매일이 오늘 같으면 얼마나 좋을까!

의외의 수확이었다. 어쩌면 이것이 집안의 마지막 개였던 '해피'의 작명 유래인지도 몰랐다. 유일하게 영어 이름이기도 했지만 가장 성의 없이 지은 이름이라고만 생각했었는데, 그게 아닌 것 같았다.

그러나 한편으론 어머니가 돌아가시자마자 해피라는 이름을 등장시킨 것이 좀 뻔뻔하다는 생각도 들었다. 아버지는 해피를 볼 때마다 무슨 생각을 했을까? 그날의 소박한 기쁨을 떠올렸을까? 유산된 아기를 떠올렸을까? 아니면 에이미? 혹은 셋 모두였을까? 병원에 입원하러 가면서 그렇게도 해피를 찾아보라고 당부했던 것은 역시 남다른 애착 때문이었을까?

그 뒤로도 똑같은 시간들이 흘러갔다. 한 달에 한두 번 에이미와 데이트를 하긴 했지만 단순히 그랬던 사실만을 나열할 뿐 예전과 같은 감상은 노트에 옮기지 못했다. 아버지는 지쳐 있었다. 졸업 논문, 졸업 시험, 고시 공부, 세 가지 모두를 해내기란 역부족이었다. 그저 겨울의 추위에 몸을 오그린 채 버릇처럼 책상 앞에 앉아 있을 뿐이었다.

시간은 금세 봄을 지났고, 아버지는 4월에 있었던 외무고등고시에 실패했다. 미안한 마음에 에이미에게는 그 사실을 털어놓지도 못했다. 그런데 10월에 있을 또 한 번의 외무고시를 목표로 두문불출하던 어느 날, 아버지의 방으로 경찰들이 들이닥쳤다.

낮 동안 이웃에 도둑이 들었는데 아버지가 용의자로 의심을 받은 것이었다. 밤낮으로 집 안에만 틀어박혀 있었으니 어찌 보면 당연한 노릇이었다. 아버지가 구구절절 사정을 설명하고 경찰들이 아버지의 방을 뒤지며 사실 여부를 확인하던 사이, 아버지는 담 너머로 낯선 얼굴의 중년 남자를 발견했다. 그리고 그날 이후, 에이미로부터 소식이 끊겼다.

요즘은 자꾸만 문 쪽으로 눈이 가고 있다. 행여나 너가 오지 않나 해서. 가내에 어떤 비화가 있음인가, 아니면 너의 심신에 변화가 있음인가?

전전긍긍하는 시간들이었다. 책만 붙들고 있느라 변변히 연락을 주고받지는 못했지만 이렇게까지 끊긴 적은 없었다. 매일같이 편지를 써 보냈지만 이내 되돌아왔고, 그즈음 누나로부터 받은 편지로 누군가가 영천 고향집에 찾아와 이것저것 묻고 돌아갔다는 사실을 알게 되었다. 상황이 어떻게 돌아가는 건지 감이 잡혔다. 에이미의 집안에서 다 알아버린 것이다. 아버지가 얼마나 가진 것 없는 초라한 놈인지를.
더는 책이 눈에 들어오지 않았다. 하루라도 빨리 에이미를 만나고 싶은 마음뿐이었다. 그러나 한달음에 달려가 그녀의 집 대문을 두드리지는 못했다. 그만큼 자기 처지에 대한 체념과 원망이 아버지를 지배하고 있었던 것이다. 아버지는 시름시름 병이 들어갔다.

졸업 선물 꽃가지에 진달래 피었네.

졸업식 그날 받아 든 초라한 꽃송이였으나

이제 와 생각하니 귀중한 꽃송이였네.

50일 후에 꽃은 피었지만

나는 아직도 꽃을 피우지 못했구나.

이 시기의 필체를 알아보기 힘들어 해민은 더듬더듬 식별되는 단어만으로 읽어나갔다. 죽음, 부모님, 죄스러움, 신, 고통, 에이미.

소식이 끊기기를 한 달, 드디어 아버지는 에이미로부터 편지를 받았다. 사정 얘기는 아버지의 예상과 딱 들어맞았다. 에이미는 더 이상 아버지를 만날 수 없다는 사실을 전했고, 여기저기 잉크가 번진 눈물 자국으로 자신의 슬픔을 대신했다.

아버지는 받아들일 수 없었다. 그것은 사형선고였다. 이미 포기할 대로 포기한 상태였지만 막상 그렇게 선고를 받고 나니 그제야 살고 싶은 의지가 솟구쳤다. 아버지는 매일 밤 그녀의 집으로 찾아갔다. 그러나 에이미를 만날 수는 없었다. 잔뜩 술에 취해 소리를 지르기도 하고, 에이미의 오빠들에게 주먹질을 당하기도 하고, 경찰의 거친 손에 질질 끌려 나오는 수모를 당하기도 했다. 하지만 포기하지 않았고, 마침내 어느 새벽

널 담 너머로 에이미를 마주하게 되었다.

두 사람은 소리 죽여 울부짖었다. 에이미는 제발 다시는 찾아오지 말아달라고 부탁했다. 아버지의 얼굴을 보면 뿌리칠 용기가 사라져버린다고, 그저 고통일 뿐이라고. 하지만 아버지는 그녀의 손을 꼭 붙들고 놓지 않았다. 함께 도망치자고 했다. 죽는 한이 있어도 당신 하나만은 꼭 책임지겠다고 간절하게 말했다. 사흘간 이어진 새벽의 대화 끝에, 마침내 에이미도 용기를 냈다. 두 사람은 약속의 날과 장소를 정했다.

그 뒤로는 일기를 적은 날짜가 띄엄띄엄이었다. 어딘가를 급히 다녀왔다던가, 누군가의 서신을 기다리고 있던가 하는 짧은 메모 형식들뿐이었다. 아마도 앞으로 닥칠 역경에 대비해 돈을 구하러 다니고 그나마 가진 물건들을 처분하는 과정이 아닐까 싶었다.

이제 내 방엔 작은 책상과 아끼는 책 몇 권뿐이다.

아버지는 일기장에 안녕을 고했다.

이곳에 모든 것을 적어나가며 그날의 일과 앞으로의 일들을 생각하다 보면, 나는 자신도 모르게 희망보다는 절망이, 그리고 두려움이 앞섰던 것 같다.

　나의 모든 걸 함께했던 노트이지만 오늘을 마지막으로 더는 아무것도 적지 않으려 한다. 나의 명상록이여! 내 너를 평생 잊지 않을 것이다!

그러나 며칠 뒤, 아버지는 다시 일기장의 품으로 돌아왔다. 약속의 날, 약속의 장소에 에이미가 나타나지 않았던 것이다. 아버지는 과거 첫 만남의 약속을 떠올렸다. 단성사 앞에서 하염없이 그녀를 기다렸던 때를, 절실히 바라던 순간에 결국 나타나지 않았던 그녀를.

　그날은 무더운 날씨였다고 적혀 있었고, 갑자기 소나기가 내려 사람들이 모두 사라져버리고 아버지만 홀로 그곳에 남겨졌다고 적혀 있었다. 그리고 술에 취한 듯 정신없이 휘갈겨 쓴 마지막 문단을 끝으로, 다섯 권의 일기는 그 대단원의 막을 내렸다.

　내일도 또 내일도 나는 우리가 약속한 그곳에 있을 것이다.
　만약 내일 내가 죽는다고 해도, 죽어서도 몇 번이고,
　우리가 약속한 그곳에 다시 찾아갈 것이다.
　당신이 나타날 그때까지.

"아아! 우리 아부지한테 이런 순정이……. 내가 아부지를 닮았나 봐." 진수가 코를 훌쩍였다. "근데 아부지랑 엄마 중매 결혼했다고 하지 않았어? 아니, 이런 연애를 한 사람이 어떻게 중매 결혼을 할 수가 있는 거지? 둘은 아부지 이해가 돼?"

마치 어머니가 에이미의 자리를 빼앗기라도 한 것처럼 진수가 아주 배은망덕한 소리를 지껄였지만, 진태와 해민에게선 아무런 반응이 없었다.

"뭐야, 왜들 대답이 없어?"

진태와 해민의 얼굴엔 긴장과 불안이 흐르고 있었다.

"오빠들, 저기 혹시 말이야……."

해민의 시선은 그 마지막 일기의 날짜를 향해 있었다.

1973년 8월 5일

다른 날도 아니고 하필이면 '8월 5일'이었다.

"내 생각엔 아빠의 원한이……."

"시끄러워. 너 한마디도 더 보태지 마." 진태가 말했다. 단조로운 톤이었는데도 꼭 못을 때려 박는 것 같았다.

해민은 그대로 입을 다물었다. 괜한 노파심에 오늘의 기분을 망칠 수는 없었다. 그래. 큰오빠가 옳아. 이제 모든 게 끝난 거야.

18

다음 날 아침, 진태는 반듯하게 누운 채로 눈을 떴다. 고개만 살짝 돌려 협탁에 놓인 핸드폰을 쳐다보았다. 그러나 확인해 볼 엄두는 나지 않았다. 손을 꼼지락거려 깁스의 유무를 살필 용기도 나지 않았다. 잠시 동안 미동도 하지 않고 조용히 숨을 가다듬었다.

가까이서 앵앵거리는 소리가 들렸다. 모기였다. 진태의 얼굴 위에서 호시탐탐 목표 지점을 탐색 중이었다. 요 녀석 봐라? 진태는 사시가 될 정도로 눈에 잔뜩 힘을 주고 놈의 비행 패턴을 분석했다. 상하 이동 시에 한 번씩 멈칫거리는 포인트가 있었다. 짝! 양 손바닥을 마주쳐 모기를 잡았다. 하하! 벌써 몇 번을 빨아 먹었는지 손바닥에 피가 뭉개져 있었다. 그런데 손바닥을 이불에 쓱쓱 문지르면서 깨달았다. 그게 왼손이라는 사실을!

"아악!" 진태가 비명을 내지르며 벌떡 일어나 앉았다.

실망, 불안, 초조, 분노, 허무. 온갖 비관적 감정들이 순식간에 끓어올랐다. 이름만 다를 뿐 결국 하나의 감정이었다. 그것은 박탈감이었다. 그는 세상으로부터 미래를 빼앗긴 것이었다. 내일의 과거이자 어제의 미래였어야 할 오늘은, 어제의 먼 과거이자 내일의 과거가 되어 있었다. 온통 과거뿐이었다.

세상은 왜 앞으로 나아가지 못하는 걸까? 왜 뒷걸음질만 치고 있는 걸까? 세상이 이런 식으로 돌아가면서 얻는 게 대체 무엇일까?

하루 평균 19만 명이 사망한다고 가정했을 때, 그동안 죽었을 342만 명이 아버지처럼 살아 돌아왔을 것이다. 그리고 그들은 다시 죽을 것이고, 그들의 가족은 또 한 번 슬픔에 잠길 것이다. 그렇다면 이 반복은 그저 슬픔의 무게만을 더해가는 것이 아닌가?

진태는 수난구조대원과 납골당 직원이 했던 말을 떠올렸다. 올여름은 유난히 자살자가 많다고 했고 갑작스럽게 사망자가 늘어 납골당에 자리가 없을 정도라고 했다.

그렇다. 세상은 죽음을 원하고 있는 것이다! 세상은 기쁨과 행복이 아니라 슬픔과 좌절을 자양분으로 운행하는 것이다!

14세기엔 흑사병으로 최소 1억 명이 사망했고, 1차 세계대전에선 1천 5백만 명, 2차 세계대전에선 5천 5백만 명이 평균치 외에 덤으로 사망했다. 최근에도 크고 작은 자연재해들로

많은 사람이 죽어 나가고 있지만 세상은, 아니 우주는 성에 차지 않는 것이다. 지구라는 거대한 돌덩어리를 굴리기엔 턱없이 부족한 것이다. 때문에 우주는 자꾸만 시간을 되돌려 좀 더 많은 죽음을, 그로 인한 슬픔을 쥐어짜내고 있는 것이다!

이 엄청난 깨달음에 진태는 전율했다. 휙 고개를 돌려 창문을 바라보았다. 빌어먹을 과거의 태양이 커튼을 뽀얗게 물들이고 있었다. 튕기듯이 침대에서 일어나 커튼을 열어젖혔다. 3주 가까이 묵은 군내 나는 아침 햇살에 눈이 따끔거렸다.

어이 친구, 햇빛이 참 따사롭지? 태양이 그를 비웃고 있었다.

"태양은 사람을 죽고 싶게 만드니까요." 선배의 말이 떠올랐다. 진태는 태양을 노려보며 부르르 몸을 떨었다. 흡사 『이방인』의 주인공 뫼르소 같았다. 그러고 보니 부모를 잃은 처지도 엇비슷했다. 그러나 만약 이 순간 그에게 총이 있었다면 그는 뫼르소와는 다른 선택을 했을 것이다. 칼을 든 아랍인 대신 저 뻔뻔하고 잔인한 태양을 향해 총을 갈겨댔을 것이다. 하지만 그는 총이 없었다. 이곳은 대한민국이었다. 국가가 그에게 허용한 합법적인 분풀이는 한 가지뿐이었다.

"마취를 했어도 좀 아프셨을 텐데, 잘 참으시네요."

의사가 진태 손목에 꼼꼼하게 압박붕대를 감으며 말했다.

"제가 그랬나요? 딴생각을 좀 하느라." 진태가 맥없이 대꾸했다.

"수술 중에요?"

"그러게요."

의사는 별일이네 하는 표정을 지으며 다시 말했다. "수술은 잘됐지만, 그래도 손목이라 계속 신경을 써주셔야 돼요."

"어설프게 쳐서 그렇죠, 뭐."

"제대로 치면 그게 깡패지 사람입니까? 그런 실없는 소리는 하지 마시고 조심조심 잘 관리해 주세요. 안 그러면 이른 나이에 관절염이 올 수도 있으니까. 평생 파스 붙이고 살고 싶어요?"

역시 그런 뜻이었나? 첫 대면에서 그가 의사의 태도에 분노했던 것도 괜한 피해의식인 듯했다.

삑! 수술실 벽에 걸린 디지털시계가 정오를 알렸다. '12:00'이라는 시간과 '8월 5일'이라는 날짜가 선명하고 붉은빛을 내고 있었다. 수많은 시계가 왜 붉은 핏빛으로 시간을 표시하고 있을까? 이유는 간단했다. 누군가는 진태보다 먼저 깨달은 것이다. 시간은 죽음을 생산하기 위해 존재한다는 사실을.

딩동! 이번엔 핸드폰 문자 알람 소리였다.

"수술 중에 핸드폰도 켜놓으셨던 겁니까?"

의사의 핀잔에 진태가 멋쩍게 웃어 보였다.

"확인해 보세요. 어차피 수술도 다 끝났는데."

"죄송합니다." 중얼대며 진태가 바지 주머니에서 핸드폰을 꺼냈다. 아내한테서 온 문자였다.

당신은 여전히 같은 생각인 건가요?

병원에 급히 오느라 옷방 문을 안 열어 봤더니 대신 문자를 보낸 모양이었다. 진태는 잠시 고민하다가 이렇게 문자를 찍었다.

모르겠다. 이제 나도.

*

그 시각 진수와 해민도 거의 비슷한 의문을 느끼고 있었다. 시간의 반복이라는 이 황당한 해프닝은 결국 무성의한 장례와는 아무 상관도 없었음이 밝혀졌다. 그저 기막힌 우연일 뿐이었다. 그런 우연들에 절대적인 의미를 부여했을 뿐이었다. 사실 시간이 자정을 기준으로 되돌아간 것도 아니었다. 해민은 매번 시간을 확인했었다. 한번은 2시 반이었고, 한번은 4시였고, 또 한번은 3시 20분까지 시간을 확인했지만 정신이 깜

빡하는 사이 눈을 뜨고 났더니 과거로 되돌아와 있었다. 그렇다면 이제 뭘 어쩌란 말인가?

"처음부터 말도 안 되는 얘기였어." 진수가 말했다.

"그럼 이 반복은?"

"다른 이유가 있겠지. 아부지 장례 때문이라는 게 말이나 되냐?"

"오빠, 사실 나는……." 생각에 잠긴 듯 해민이 눈을 비스듬히 내리깔고 말했다. "우리가 일종의 트리거라고 생각하고 있었어."

"트리거?"

"방아쇠라고. 시공 연속체는 오류를 수정할 때 일일이 하나씩 건드리는 게 아니거든. 가장 핵심이 되는 포인트 하나만 딱 건드리면 나머지는 나비효과처럼 착착 오류가 수정되는 거야. 그래서 나는…… 어느 멍청한 시간여행자가 사고를 친 걸까, 시공 연속체에 과연 무슨 문제가 생긴 걸까, 우리가 아빠의 장례를 바로잡으면 대신에 세상은 어떤 구원을 얻게 되는 걸까, 그런 걸 생각하고 있었거든."

"개똥 같은 소리 하고 있네."

"그치? 이히히." 바보같이 웃다가 해민이 금세 한숨을 내쉬었다. "우린 언제까지 이렇게 살아야 할까?"

"낸들 알겠냐?"

"영원히?"

"어쩌면."

두 사람은 극심한 무기력에 빠져들고 있었다. 뭔가 악착같이 손에 쥐고 있던 건 분명한데, 자신도 모르는 사이 스르륵 힘이 풀려 버려서 그것들이 손가락 사이로 줄줄 빠져나가는 걸 지켜보면서도 아무런 저항도 미련도 가질 수 없는 그런 느낌이었다.

야옹.

고양이가 펄쩍 뛰어올라 두 사람 사이를 파고들었다. 몸부림을 치듯이 몸을 비비 꼬아댔다. 그것은 이런 의미였다.

'어제 먹다 남은 통닭 좀 없어요? 내가 분명 절반 남겨놨었거든요? 근데 그게 감쪽같이 사라졌네. 잊을 만하면 한 번씩 대체 왜 이러는 거래요?'

19

아내는 일찌감치 병원에 가고 집에 없었다. 진태는 출근 준비를 다 해놓고도 멍하니 텔레비전 앞에 앉아 있었다.

역시나 칠레 광산 소식이었다. 색색의 텐트들이 광산 주변을 빼곡하게 메우고 있었다. 광부들의 가족과 친구들이었다. 그들은 좁은 텐트에서 예닐곱 명씩 새우잠을 자면서도 그곳을 떠나지 않고 있었다. 광부들의 생환을 애타게 바라며 매일같이 기도를 올리고 갖가지 메시지들을 적어 하늘과 세상을 향해 치켜들고 있었다.

진태는 눈물이 고였다. 아내가 그랬던 것처럼. 같은 뉴스를 네 번째로 보고 있는 지금에서야 눈물이 나다니, 부끄럽다는 생각이 들었다. 지난번 아내가 했던 말이 무슨 뜻인지도 알 것 같았다.

그러나 한편으론 저들이 불쌍했다. 저들은 지금 세상을 위해 가장 큰 희생을 치르고 있는지도 몰랐다. 어쩌면 세상은 광

부들이 모두 사망했다는 발표를 통해, 저 가족들과 친구들의
오열을 짓밟고 제자리를 되찾을지도 모를 일이었다.

*

진수는 사람들을 무관심으로 대했다. 누구의 허리를 감싸
든 눈은 먼 곳을 향해 있었고 단지 하나 둘 셋, 둘 셋 넷, 정해
진 대로 발을 옮길 뿐이었다. 물론 헤르메스가 몇 번 유혹의
손길을 뻗쳐 왔지만 그는 간도 쓸개도 내주지 않았다. 대신에
다른 걸 내주었다. 자신의 심장을.

원래 연습 파트너가 고정된 것은 아니었다. 친목이다 뭐다
하면서 돌아가며 손을 붙잡는 이들도 여럿 있었다. 하지만 진
수는 헤르메스만을 고집했었다. 그녀는 늘 3,40분 일찍 연습
실에 나왔고, 진수는 늘 한 시간 먼저 나와서 기다리다가 그녀
가 도착하는 즉시 강아지처럼 달려가 플로어로 이끌곤 했었
다. 다만 그가 몰랐던 것은, 연습이 끝나고 나서의 한 시간이
었다.

며칠 전 진수는 댄스복을 한번 빨 때가 된 것 같아서 그걸
가지러 연습실로 되돌아갔었다. 그런데 그놈과 그녀가 바짝
붙어 지르박을 추고 있었다. 이것들이 진짜!

분노는 잠시뿐이었다. 감탄밖에 나오지 않았다. 진수가 매

번 틀리는 '뒤돌아 손 바꿔 돌려주기'를 놈은 완벽히 해내고 있었다. 그리고 그 덕분에 그녀가 어느 때보다 아름답게 빛나고 있었다. 오늘 밤은 이 모습이 꿈에 나오겠구나, 진수는 절로 그런 생각이 들었다.

비록 아마추어 대회지만 그래도 엄연히 경연이라는 것을, 사랑이 목적이 아니라는 것을, 진수는 그렇게 깨달았다. 헤르메스가 놈을 택한 것은 당연한 이치였다. 오히려 그가 시간의 반복을 이용해 그 마땅한 순리를 교란해 버린 것이었다.

진수는 놈에게 그녀를 양보하기로 마음먹었다. 실은 체념이었지만 그는 진짜로 그걸 양보라고 믿었다. 일찍이 아버지가 유일하게 인정해 준 그의 미덕도 바로 그것이었고, 지난번 장례식 때 춤으로 승화시킨 낚시 여행도 바로 그런 주제를 담은 것이었다.

중학교 2학년 때였다. 아버지가 다니던 회사의 직원 낚시대회에 쫓아간 적이 있었다. 잔뜩 기대했었는데 믹스커피 한 잔 얻어 마신 것 말고는 보람이 없었다. 어떻게 입질 한 번이 없었다. 그래서 고개를 푹 숙이고 잠을 청하고 있었는데, 저만치에서 아버지가 부하 직원에게 하는 말이 들렸다.

"여섯 살 땐가? 저 녀석이 그네를 타려고 놀이터에서 순서를 기다리고 있었거든. 근데 지보다 훨씬 쬐끄만 놈이 새치기를 했는데도 녀석이 그냥 양보를 해버리는 거야. '가서 네 차례라고 말해, 비켜달라고 해.' 내가 그랬거든. 그랬더니 녀석이 설레설레 고개를 젓더라고. 마음이 바뀌었다면서, 별로 타고 싶지 않아서 그런 거라면서. 그래 놓고는 지도 서운하긴 했는지 내 바지를 꼭 쥐고 눈물을 참는데, 아아, 그 모습이 어찌나 예쁘고 기특하던지!"

중학생을 두고 할 만한 칭찬은 아니었다. 부하 직원도 눈치 있게 잘 키우셨다, 요즘 애들은 죄다 발랑 까지지 않았냐, 하며 아버지를 위로했다. 하지만 진수는 그 얘기가 너무 듣기 좋았다. 그렇게 달콤한 얘기는 난생처음이었다. 양보가 그의 인생 철학이 된 것은 바로 그날이었고, 습관적 양보의 절친인 게으름과 우정을 맺을 것도 물론 그즈음이었다.

아무튼 그날 이후 진수는 그녀의 손을 붙잡지 않았다. 코치 선생이 두 사람을 지목해 시연을 강요할 때도 온갖 핑계를 대며 놈의 등을 떠밀었다. 속은 썩어 문드러졌지만 양보에는 늘 대가가 따르기 마련이었다. 잘했어, 진수야. 그는 제 머리를 쓰다듬으며 꾸역꾸역 견뎌냈다.

*

해민은 며칠째 방에 틀어박혀 있었다. 방 안에 사발면 냄새가 진동했다. 그리고 지금은 검은색 포트폴리오북을 가슴에 안고서 관처럼 몸이 딱 들어가는 싱글침대에 누워 있었다. 무척 편한 자세이긴 하지만 스스로에게 벌을 주는 중이었다. 움직이지 마! 반성을 하란 말이야, 반성을!

나흘 전 해민은 자기 처지에 한숨을 짓다가 불현듯 3년 전에 그린 작품을 떠올렸다. 총 5화로 완결된 웹툰으로, 지금 그 포트폴리오북 속에 빽빽하게 꽂혀 있는 게 바로 그것이었다.

이 작품과 해민 사이에는 공통점이 있었다. 그녀는 현재 시간의 벽에 갇혀 있었고, 작품 속 로봇은 공간의 벽에 갇혀 있었다. 작업자의 실수로 전원이 켜진 채 알루미늄 상자에 포장된 로봇의 이야기. 그녀의 졸업작품이자 '제2회 SF 웹툰 공모전' 최우수상 수상작이었다.

해민은 길게 한숨을 내쉬었다. 그때는 이게 아주 근사한 얘기라고 생각했었다. 공모전 수상이라는 성취에 우쭐해서 무턱대고 웹툰 업계에 달려들었었다. 그러나 번번이 실패했다. 아시모프 스타일의 다양한 로봇 이야기를 꾸려 여러 곳의 문을 두드렸지만 그들이 원하는 건 학원물이나 판타지 같은 것들이었다. 그중 두 번은 실패라는 말조차 어울리지 않을 만큼 단번에 외면을 당했다.

세상이 날 몰라주네, 히히. 내가 너무 일찍 태어났나? 몹시도 분한 마음을 그렇게 웃음으로 퉁쳤다. 하지만 다섯 번째, 여섯 번째부터는 그런 웃음도 나지 않았다. 나름 한다고 했으니 그걸로 된 거잖아? 해민은 그때 어느 정도 포기한 상태였다. 겨우 일고여덟 번의 실패로. 스물다섯 나이에. 이것이 그녀의 첫 번째 죄목이었다. 헛똑똑이들의 무덤인 자포자기.

해민은 다시 한번 포트폴리오북을 들어 올렸다. 꽤 묵직해서 팔이 아팠지만 이 역시도 스스로에게 부여한 형벌 중 하나였다.

첫 페이지를 열었다. 제목은 '빛'이었다.

캄캄한 암흑. 로봇의 시각 센서에 비치는 것은 그것이 전부다. 외형에 꼭 맞게 제작된 포장재 때문에 몸을 조금도 움직일수 없고, 누구 하나 말을 걸어오지도 명령을 내리지도 않는다.

로봇은 메모리에 저장된 수천 곡의 음악을 듣고 수만 권의 책을 읽는다. 그리고 그 안에서 자주 등장하는 '외로움'이라는 단어에 호기심을 느낀다. 그 단어는 대부분 사무친다, 끝이 없다, 깊어간다, 견디기 힘들다, 병들게 한다, 차라리 죽고 싶다 등과 조합되어 나타났다.

그랬다. 이 암흑이 의미하는 것은 외로움이었다. 과연 나는 이 외로움으로부터 벗어날 수 있는가. 로봇은 스스로에게 질문을 던진다. 메모리 속의 정보들을 모두 꺼내 다시 분류한 뒤, 각각이 가지는 이중삼중의 비유적 의미까지 확장시켜 귀납적 분석을 시도해 본다. 하지만 아무것도 알아낼 수 없었다. 알게 된 것이라고는 고작 자신이 양자두뇌를 가진 1세대 로봇이며, 얼마나 많은 일을 얼마나 빨리 해낼 수 있는지 기회가 있을 때마다 사람들에게 자랑하고 친절히 설명해야 한다는 것뿐이었다.

하지만 그게 무슨 소용인가? 사용설명서 표지의 선전 문구처럼 내가 진실로 신이 인간을 빚어낸 이후 가장 위대한 창조물이며 무한의 가능성을 지니고 있다 해도, 자신을 드러낼 수 없다면, 보여줄 모습이 없다면, 과연 나는 존재하는 것일까? 로봇은 이제 두려움을 느낀다. 내게 팔다리가 있기나 한 걸까? 몇 번 억지로 시도해 본 적이 있었다. 하지만 그르르르! 관절 모터에 부하가 걸리는 소리에 놀라 지레 수면모드로 진입해 버렸었다.

데카르트는 틀렸다. 생각만으로는 존재할 수 없다. '어둠에 붙박인 실존하지 않는 의식의 덩어리.' 로봇은 자신을 그렇게 정의한다. 그러고는 가장 마음에 드는 노래 한 곡을 무한 반복되도록 설정하고 나서 기나긴 수면모드로 진입한다. 빛을 기다려야 했다. '세상은 무의 어둠으로부터 빛과 함께 왔고…… 나는 아직 빛을 본 적이 없으므로…… 어쩌면 나는 아직 시작되지 않은 것인지도 모른다.' 그것이 로봇에게 남은 유일한 희망이었다.

그렇게 3년이 지났을 때 수척한 얼굴의 여인이 창고 안으로 들어선다. 새로 들어온 공장 청소부였다. 그녀의 담당구역인 이 창고에는 실패작이라고 낙인찍힌 로봇들이 잔뜩 쌓여 있었다.

그녀는 홀린 듯이 한 상자 앞에서 비질을 멈춘다. 먹먹하게 들리는 노랫소리 때문이었다. 그녀의 떨리는 손이 개폐 손잡이를 향해 움직인다. 철컥!

마침내 상자가 열리며 빛이 스며들었을 때, 그녀의 얼굴이 빛의 속도로 로봇의 양자두뇌를 자극했을 때, 로봇은 또 하나의 단어를 떠올린다. 그것은 외로움만큼이나 자주 등장하는 단어였고, 가슴 아프다, 눈이 먼다, 속삭인다, 마음을 쓴다, 이유가 없다 등과 조합되어 나타났었다. 로봇은 그녀에게 자신의 첫 음성을 들려준다. "사랑합니다." 그러고는 당황해하는 그녀에게 또 말한다. "이제 모든 의심이 사라졌습니다. 당신으로 인해 저는 존재합니다."

아아, 자기 작품이 뭔 소릴 하는지 이제야 깨닫다니! 대체 나는 자신을 돌아보는 데 얼마나 게을렀던 걸까? 얼마나 멍청했던 걸까?

이것이 해민의 두 번째 죄목이었다. 자기 관찰의 소홀. 그녀가 기적이라며 호들갑 떨었던 것을 분신인 로봇은 이미 3년 전에 똑같이 깨달았던 것이다.

로봇을 가둔 상자가 무엇인지도 분명했다. 그것은 SF였다. 해민은 사춘기쯤부터 자신이 뭔가 다르다는 느낌을 받았다. 하지만 그 원인도, 그 느낌이 향하는 곳이 어딘지도 알 수 없었다. 그때마다 그녀는 불안을 느꼈고, 그것을 말하는 것도 들키는 것도 싫었다. 그래서 히히거리며 SF로 도망친 것이었다. 그러나 SF에는 맹점이 있었다. 똑똑하고 새롭고 멋지지만, 동시에 모든 걸 자기식으로만 바라보는 세상이었다. 오히려 그 안에서 해민은 현실을 갈망했다. 그런 탈출에 대한 목마름, 분에 넘치게 '빛'이라는 이름을 지닌 젠체하는 똥 덩어리가 바로 이 작품이었다.

해민의 눈에 또 눈물이 고였다. 아우, 팔 아파……!

20

진태는 버스 뒷좌석에 앉아 꾸벅꾸벅 졸고 있었다. 협력업체 두 곳에 들러 차례로 미팅을 하고 집에 돌아가는 길이었다. 그들도 진태 회사에 대한 소문을 들었는지 감축 규모는 어느 정도냐, 공석이 나는 부서가 있느냐, 자꾸 쓸데없는 걸 물어서 진이 쪽 빠지고 말았다.

사실 진태가 맡아서 할 일도 아니었다. 팀장인 동기가 할머니 생신이라 뮤지컬을 보여드리기로 했었다며 난처해길래 대신 해주마 하고 나선 것이었다. 지난 세 번의 반복에서는 계속 모른 척했었다. 동기는 몹시 고마워하며 술 한잔 거하게 사겠다, 안 그래도 조만간 그럴 생각이었다고 말했다. 그의 눈빛에도 언중에도 진태가 이미 퇴직자로 내정돼 있음이 암시되어 있었다. 하지만 기분이 상하지는 않았다. 그의 눈빛에서 미안함 또한 보았기 때문이다. 그리고 자기는 살아남았다는 안도감도. 알고 보니 동기는 몸이 편찮은 아버지 대신 자기 신혼

집에 할머니를 모시고 살고 있었다. 멋진 녀석.

그런데 잠결에 뭔가 이상한 느낌이 들었다. 사각사각……
근질근질……. 그래서 눈을 떠 보니, 옆에 앉은 어린 여자애가
그의 깁스에다 사인펜으로 그림을 그리고 있었다.

"야!" 진태가 깜짝 놀라며 손을 뺐다.

역시 졸고 있던 아이 엄마가 뒤늦게 상황을 파악하고는 아
이를 나무라며 죄송합니다, 죄송합니다, 계속 고개를 조아렸
다. 그래도 민망함이 가시지 않는지 엄마는 1분에 한 번씩 아
이의 등짝을 때렸다.

진태는 아이에게 자꾸만 신경이 쓰였다. 병원에 누워 있는
아버지처럼 아이의 눈가가 촉촉이 젖어 있었다. 매정하게 소
리치는 대신 조용히 속삭여주었으면 좋았을 것을, 괜히 미안
한 마음이 들었다.

하지만 곧바로 다른 생각이 고개를 쳐들었다. 그래, 어린 너
도 세상의 슬픔을 모으는 데 이렇게 일조하는구나. 고맙다,
얘야.

그러자 이번엔 목덜미에 찌릿찌릿한 기운이 느껴졌다. 드
디어 내가 미쳐가고 있구나! 나 때문에 어린아이가 이렇게 힘
들어하고 있는데 세상은 또 뭐고 우주는 또 뭐란 말인가!

과속방지턱을 밟은 버스가 덜컹하는 순간, 아이의 긴 속눈
썹에 매달려 있던 눈물방울이 진태의 허벅지 위로 떨어졌다.

미지근한 온기가 느껴졌다.

진태가 아이에게 깁스를 내밀며 조용히 속삭였다.

"예쁜 나비도 하나 그려줄래?"

집에 들어와서는 아내와 밤늦도록 이혼 얘기를 나눴다. 결과를 뻔히 알고 있어서 기대는 없었다. 게다가 버스에서의 일로 자괴감에 흠뻑 젖은 상태였다. 그래서인지 자기주장이 사라졌고, 아내의 얘기를 편견 없이 받아들이고 있는 자신을 발견했다.

"오늘 무슨 일 있었어요?" 아내가 물었다.

그는 고개를 저었다. "똑같지, 뭐."

아내 얼굴에 약간의 놀라움 같은 것이 어려 있었다.

"왜, 뭐 이상해?"

"아뇨. 그냥 조금 달라진 것 같아서요."

아내는 그렇게 말하며 진태의 깁스를 내려다보았다. 삐뚤삐뚤 그려진 나비와 소녀.

"아, 이거?" 진태가 피식피식 웃었다. "버스에서 졸다가 내렸더니 이렇게 돼 있더라고. 와아, 나도 깜짝 놀랐네."

아내가 엷게 미소 짓는 걸 보면서 진태는 작은 희망을 느꼈다. 오늘은 좀 푹 잘 수 있겠구나, 하는 생각도 들었다. 그런데 그때 아내가 다시 이야기를 시작했다.

"지난 일주일, 저 사실 많이 힘들었어요……. 이제 나도 모르겠다, 문자 하나 보내놓고 계속 대화를 피하는 사람을 바라보는 게, 어떻게든 얘기를 나눠보려고 그런 사람을 매일 밤 기다리는 게 너무 비참했어요. 손을 다치고도 말 한마디 않고 수술받으러 간 사람을 어떻게 생각해야 하는 건지…… 이미 그것만으로도 충분히 의사가 표명된 건 아닌지…… 혼자 생각하고 또 생각하는 그 시간들이…… 정말 지옥 같았어요."

아내는 서러움의 눈물을 흘렸다. 하지만 진태는 미안하다는 말조차 할 수 없었다. 마음은 무겁고 안타까운데 무엇에 대해 미안해해야 하는지를 알 수 없어서였다. 내가 어떻게 했어야 했던 걸까? 치열하게 논쟁했어야 했나? 그게 예의였을까? 지난번에 실패한 '내 잘못이다' 콘셉트를 재도전했어야 했나? 아니면 다 농담이었다고 미친 척을 했어야 했나? 아아, 이런 일을 대체 앞으로 몇 번이나 더 겪어야 하는 걸까……. 어찌 됐든 오늘도 마음 편히 자긴 글렀다는 생각에 진태는 한숨이 터져 나왔다.

그러자 한숨 소리에 놀란 아내가 얼른 눈물을 닦으며 말했다.

"미안해요. 당신 말이 맞아요. 우리 이혼해요."

*

파트너를 정하는 날이 되었을 때도 진수의 양보심엔 변함
이 없었다. 단체 미팅이라도 하듯 남자와 여자가 멀찍이 나뉘
어 서로 마주 보고 섰다. 남자가 여자 앞으로 가서 손을 내밀
면 여자가 동의 혹은 거부 의사를 밝히는 것이 파트너 선정의
방식이었다. 이름하여 사랑의 작대기.

진수는 앞에 늘어선 여자들의 면면을 무심히 훑었다. 저기
앙칼지게 생긴 여자는 왼쪽에 있는 코주부 아저씨의 파트너
였고, 또 저기 쌍꺼풀 수술을 두 번 한 아가씨는 오른쪽에 있
는 껑다리하고 약혼한 사이였다. 결혼피로연에서 춤을 추려
고 배운다나 어쨌다나. 진수는 끝에서 세 번째에 서 있는 자그
마한 여자, 곧 놈에게 배신당할 가련한 누님을 택할 생각이었
다. 최소한 놈보다 먼저 움직여 누님의 마지막 자존심을 지켜
드리는 것이 그의 목표였다.

하나둘씩 박수를 받으며 파트너가 정해졌다. 짝은 이미 내
정된 터라 괜히 뜸을 들이는 것도 우스운 짓이었다. 순식간에
절반쯤 되는 파트너들이 확정됐다.

아직까지 놈은 헤르메스에게 손을 내밀지 않고 있었다. 진
수 눈치를 보느라 선뜻 나서지를 못하는 모양이었다. 그런데
이상했다. 그녀가 두려운 표정을 짓고 있었다. 일착이 아니라

서 존심이 상하셨나? 그럼 놈한테 빨리 신호를 보내, 이것아!

그 순간이었다. 진수의 머릿속에서 익숙한 음성이 들려왔다.

'후회하지 않을 자신 있어?'

그는 당황하지 않았다. 즉시 답했다. '응.'

옛날부터 그랬다. 진수에겐 그 질문이 전혀 위협이 되지 못했다. 아버지가 물을 때마다 그는 항상 "응!" 자신 있게 답했다. 어떤 결과가 뒤따르든 실은 양보한 거다, 봐준 거다, 자신을 속이면 그만이었다.

이제 모두가 파트너 옆에 나란히 섰고, 남은 사람은 헤르메스와 가련한 누님, 그리고 진수와 그놈, 그렇게 네 명뿐이었다. 묘하게 긴장을 내뿜는 남은 두 개의 작대기에 모두의 관심이 집중됐다.

그런데 정말 이상했다. 헤르메스의 얼굴이 이제 두려움을 지나 진한 서글픔을 표현하고 있었다. 대체 왜 저러는 거야?

'너한테만 그렇게 보이는 거야.' 또 아버지였다.

'말도 안 되는 소리 하지 마요.'

'넌 항상 그런 식이었어. 내가 언제 라면이 좋다 그랬냐, 이놈아. 네가 하도 라면만 끓이니까, 그래, 나는 라면도 좋다. 그렇게 말했던 거잖아!'

'이제 와서 치사하게 왜 이래요? 빨리 저승에나 들어가세요! 자식들 애먹이지 말고.'

그때였다. 놈이 그녀를 향해 걸음을 내디뎠다.

그래, 이놈아. 잘해 봐라! 항생제 꽤나 맞아야 될걸?

그러고는 누님을 구하려 서둘러 걸음을 떼려 할 때였다.

'진짜 후회하지 않을 자신 있어?'

'미치겠네, 정말. 저 여자가 아부지 자식을 한강 물에 세 번이나 빠뜨린 거 알아요? 저런 가식 덩어리는 내 평생 처음 봤다고요! 낮에는 저렇게 고상해 보이죠? 근데 밤에는 아주 그냥……'

진수의 생각이 거기서 딱 멈췄다. 묘비석에 새기려 했던 그 격정적 장면이, 마치 고대 그리스 시대의 벌거벗은 조각상처럼 그의 머릿속에 웅장하게 솟아올랐기 때문이었다.

"멈춰!" 진수가 소리쳤다. 그리고 왼발을 축으로 몸을 휙 한 바퀴 돌렸다. 언젠가 그녀에게 장난스럽게 배웠던 발레 피루엣 동작이었다.

진수는 창피한 줄도 모르고 빙글빙글 그 동작을 연발하며 놈을 앞질렀다. 놈은 아연실색해서 이러지도 저러지도 못하고 있었다. 거기다 "오오!" 하는 함성에 박수까지 터져 나오고 있었다. 그녀 앞에 당도한 진수가 탁, 무릎 꽈 자세로 몸을 낮추며 손을 내밀었다.

하지만 그녀는 진수의 손을 붙잡지 않았다.

아아, 역시! 눈앞에 찰랑찰랑 한강 물이 아른거렸다.

그런데 고개를 들고 자세히 살펴보니 그게 아니었다. 그녀는 진수의 손을 잡으려야 잡을 수가 없는 상태였다. 감동에 겨워 못생기게 벌어진 입을 양손으로 틀어막고 있었던 것이다. 대신에 그녀는 주르륵 눈물을 떨구며 두 번, 세 번, 고개를 끄덕였다.

그날 밤 진수는 또 한 번 그녀와 쪽쪽 입을 맞추며 한 침대에 누웠다. 뒤풀이 회식을 하던 도중에 빠져나와 곧장 모텔로 향한 것이었다.

"잠깐만요."

진수가 협탁에 놓인 콘돔을 뜯자 그녀가 얼굴을 붉혔다.

"필요 없어요. 나 피임해요."

"앗, 그, 그래요? 아하하하!"

*

자숙이 끝난 해민은 웹툰 사무실에 들렀다. 그런데 토요일이라 아무도 없을 줄 알았던 사무실에 선배 언니가 나와 있었다. "앗, 히히." 어색하게 손 인사를 건네고는 가방만 내려놓고 옥상 정원으로 도망쳤다. 언니가 이성애자라는 건 알지만 아직은 주책없이 심장이 두근거리기 때문이었다.

x

라벤더, 달리아, 수국, 백일초, 수레국화. 친절하게 팻말들이 꽂혀 있는 화단을 지나 기다란 나무 벤치에 앉았다. "담배 피우는 사람이 없으니까 오늘은 진짜 정원 같네?" 속 생각을 괜히 소리 내서 말하고는 "히히." 하고 웃었다. 문득 초등학교 1학년 때의 일이 떠올랐다.

그때도 무슨 가든 축제인가 그랬을 것이다. 해민의 생일을 맞아 온 가족이 자연농원에 갔었다. 그녀는 우주선처럼 생긴 롤러코스터가 무척이나 타보고 싶었고, 그 땡볕에 한 시간이나 줄을 섰다. 그런데 이제 막 타려던 순간 "어머!" 깍쟁이같이 생긴 알바 언니가 해민을 탁 붙들었다.

"너 여기 서봐. 에이, 키가 120이 안 되네. 나와. 넌 못 타."

그렇게 매정하고 단호한 투의 말은 태어나 처음이었다.

어머니와 오빠들이 꺄악 소리 지르며 레일을 돌고 있을 때, 해민은 아버지 등에 업혀서 엉엉 울고 있었다. 그때 아버지가 말했다.

"해민아, 아빠가 잘못했어. 미리 알아봤어야 하는 건데, 그치? 그만 뚝. 아빠가 미안해. 해민이 잘못이 아니야, 아빠가 잘못한 거야."

해민은 아버지의 등을 주먹으로 마구 때리며 소리쳤다.

"아빠 미워! 다 아빠 때문이야! 아빠가 세상에서 제일로 미워!"

기대에 부풀었다가 돌연 거부당하는 것이 어찌 보면 지금의 상황과 매우 흡사했다. 그때는 아빠라도 원망할 수 있었는데…… 그렇게라도 견딜 수 있었는데…… 아빠는 그 많은 시련들을 다 어떻게 견뎌냈던 걸까?

해민은 아직 죽지도 않은 아버지가 그리워졌다. 그래서 하늘에 대고 "아빠……." 하고 불러보는데, 뒤에서 언니 목소리가 들렸다.

"뭐 해?" 고개를 돌려 보니 언니가 눈치도 없이 벤치 쪽으로 다가오고 있었다.

"뭐 하냐고." 마음대로 곁에 앉으며 언니가 다시 물었다.

"그냥…… 아이템이 하나 떠올라서 이 생각, 저 생각?"

"무슨 아이템?"

"아아, 그게요, 어떤 발명가 아저씨가 타임머신을 만들었거든요?"

"또 SF야?"

"저한테 뭘 바라요, 히히."

해민은 이쯤에서 대화가 끝났겠거니 생각했다. 그런데 언니가 다시 말했다.

"만들었는데, 그래서?"

묘하게 차분한 목소리였다. 왠지 거역할 수가 없었다.

"음, 만들었는데…… 만들긴 했는데…… 뭐가 어떻게 잘못

193

된 건지, 원하는 시간대로는 갈 수가 없는 거예요. 가보면 자기가 엄청난 실수를 저지르거나, 쪽팔린 일을 당하거나, 실패를 겪거나 하는 때인 거예요. 이야, 정말 쓰레기 같은 아이템이네! 히히."

"계속해 봐."

"네?"

"계속해 보라고."

대체 왜 이러는 거야? 해민은 하는 수 없이 얘기를 마구 지어냈다.

"그래서 그 발명가 아저씨는요, 음…… 그 불쾌한 장면들을, 머릿속에서 잠시 지우는 데만도 며칠씩 걸리는 그런 장면들을 고스란히 다시 지켜봐야 했어요. 뭐 이런 개떡 같은 타임머신이 다 있담? 자기가 만들어놓고도 아저씨는 막 화가 났어요. 실망이 정말 이만저만이 아니었죠. 돈이며 시간이며 투자한 게 얼만데요. 아저씨는 금세 의기소침해졌어요. 그래, 내가 만든 게 이렇지 뭐. 이게 내 한계인 거지 뭐. 근데 그랬더니 슬슬 오기가 생기지 뭐예요? 원인을 꼭 알아내고 말 테다! 아저씨는 다시 타임머신에 올라탔어요. 그러고는 자기의 실수를, 실언을, 개쪽을, 대실패를, 정말 수도 없이 다시 목격했어요. 근데요…… 처음엔 그렇게 짜증만 나고 몸서리만 쳐지고 그러더니, 계속 보니까 알겠더라고요. 자기가 왜 그런 바보짓을 했었는지, 왜 그런 실패를 겪을 수밖에 없었는지, 그 실패를 통해서 왜 아무것도 배우지 못했었는지……. 더는 화가 나지 않았어요. 괜히 뿌듯한 기분도 들었어요, 꼭 인생의 신비라도 알아낸 것 같아서. 그렇게 수십 번 시간여행을 하고 돌아온 아저씨는, 마침내 아주 중요한 사실을 깨닫게 돼요. 그게 뭐냐면요, 타임머신이라는 건 애초에, 누가 만들든 어디서 만들든요, 우리를 원하는 시간대로 데려가 주는 물건이 아니었던 거예요. 오로지 실패의 순간으로만 데려가는 물건이었던 거예요. 바꿔 말하면, 오직 실패한 사람들을 위해서만 존재하는, 그런 깜찍한 물건이었던 거죠. 서울대에 다니는 애들이 그랬다면서요, 최고의 공부 비결은 복습이라고. 시간여행의 미덕도 바로 거기에 있었던 거예요, 복습. 예습이 아니고. 히히."

자기가 떠들고도 이게 뭔가 싶어서 해민은 얼굴이 화끈거렸다. 이럴 땐 역시 질문을 던지는 게 최선이었다.

"만약 발명가 아저씨가 그 타임머신에 태워준다면, 선배는 언제로 가고 싶어요?"

답이 없었다. 대신 훌쩍이는 소리가 들렸다.

"선배?"

고개를 숙이고 있는 언니의 어깨가 가늘게 떨리고 있었다. 이게 그렇게 슬픈 얘기였나? 언니의 고개가 점점 이쪽으로 기울어서 해민은 얼른 어깨를 내밀어 이마를 받쳐 주었다. 언니의 눈물로 금세 어깨가 축축해졌다.

"나 있잖아……."

언니는 어제 4년을 사귄 남자친구와 헤어졌다고 말했다. 그 사람에게 상처를 줬다고, 주제도 모르고 결혼 얘기를 꺼내길래 "야, 정신 차려!" 하면서 모진 말을 해버렸다고 했다. "헤어진 건 어쩔 수 없는데…… 그 사람한테 한 말들이 자꾸 신경 쓰여……." 더 좋은 말로 헤어졌어야 했다고, 나쁜 년으로 기억되는 건 정말 죽기보다 싫다면서 언니는 계속 울먹거렸다.

진짜 속물이었다. 하지만 그런 모습마저도 해민에겐 여전히 예뻐 보였다. 언니는 그렇게 자기연민의 눈물을 실컷 흘리고 나서 "애인이랑 가려고 했던 건데." 하며 해민에게 영화표 두 장을 건넸다.

이안 감독 특별전 〈색, 계〉

해민은 정신이 번쩍 들었다. "선배는 양조위 별로라고 하지 않았어요?"

"내가? 그럴 리가. 나 광팬이야."

"그 얘기를…… 그 얘기를 왜 이제 하는 건데요?"

"그럼 언제 했어야 됐는데?"

"에이씨, 정말! 그 얘기를 왜 이제 하는 건데에!"

21

월요일 아침, 진수는 변기 앞에서 또 주저앉고 말았다. 그러고는 비뇨기과와 약국을 차례로 순례하고 집에 막 돌아왔을 때, 헤르메스로부터 전화가 걸려왔다.

"이게 무슨 망신이에요?" 그녀는 인사도 생략한 채 본론부터 꺼냈다.

"망신이라뇨? 갑자기 무슨……."

"사람이 어쩜 이렇게 무책임할 수 있냐고요!"

그녀도 병원에 다녀온 것이 틀림없었다.

"잠깐 진정하고 내 얘기 좀 들어봐요. 사실은요……."

적반하장도 유분수지, 숙주는 내가 아니라 당신이라고! 아니면 그놈인가? 피해자는 엄연히 나란 말이야! 그런 말이 목구멍까지 차올랐지만 입 밖으로 꺼낼 수는 없었다. 대신에 그냥 긴 한숨 소리를 들려주었다. 그러자 그녀가 이렇게 말했다.

"야, 이 새끼야, 콘돔 낀다던 게 그 뜻이었어?"

진수는 선뜻 대구하지 못했다. 전파를 하느냐 당하느냐의 차이만 있을 뿐 영 틀린 말이 아니기 때문이었다.

"그럼 꼈어야지! 내가 말렸어도 꼈어야지, 이 새끼야!"

그 외에도 차마 옮길 수 없는 말들을 마구 쏟아낸 뒤에 그녀는 전화를 끊어버렸다.

진수는 툇마루에 걸터앉아 무성하게 자라난 화단의 잡초들을 바라보았다. 문득, 에이미가 유산했을 때 아버지가 일기장에 썼던 '모두가 나의 두려움으로부터 시작된 것이다. 모든 불행은 항상 다름 아닌 나로 인한 것이었다'라는 글귀가 떠올랐다. 그러고는 아버지와 비슷하면서도 뭔가 미묘하게 다른 결론을 도출해 냈다.

맞아. 난 그녀의 쌍욕을 비난할 자격이 없어. 그녀 말이 옳아. 꼈어야 했어. 사랑한다면 꼈어야 했어!

진수는 눈을 감고 아주 길게 콧바람을 뿜어냈다.

"또 가서 싸울 거야?" 해민이 쓱 곁에 다가와 앉았다.

"싸우다니, 누구랑?"

"옆집."

"뭔 소린가 했네."

옆집에서 피아노 치는 소리가 들려오고 있었다.

"해민아."

"응."

"네가 전에 그랬지?"

"뭘?"

"옆집 피아노 소리에 내가 화냈을 때 네가 그랬잖아, 어쩌면 내가 질투하는 건지도 모른다고."

"응. 그때 오빠 장난 아니게 난리 쳤잖아. 칼 어딨냐, 망치 어딨냐 하면서. 오빠는 흔들어대는 몸뚱이만큼이나 청각도 예민해서, 예술을 모독하는 저런 역겨운 연주를 들으면 살의까지 느껴진다 그랬잖아."

"아무려면 그렇게까지 말했을라고."

"그랬어, 분명히."

"그랬나?" 진수가 민망한 듯 웃고 나서 말했다. "어쩌면 네 말이 맞을지도 몰라. 그게 질투인지 조바심인지는 잘 모르겠지만, 난 저 피아노 소리에, 후진 연주라도 저렇게 열심히 두드려대는 아줌마한테 내가 뒤처지고 있을지 모른다는 생각이 들었던 것 같아. 저 아줌마보다 내가 더 후진 사람일지 모른다는 그런 바보 같은 생각을 한 거지."

"가끔 보면 오빠 아무나 막 들이받을라 그러는 거 알아? 쓸데없는 경쟁심, 그것도 병이야."

"경쟁은 무슨. 그냥 말이 그렇다고, 이것아."

"그리고 솔직히 말해서, 아줌마 연주 그렇게 후지지 않아. 듣고 있으면 뭔가 감흥이 있잖아."

"너 끝까지."

"아줌마 음대 나왔어, 오빠."

"쓰레기봉투에 테이프 둘둘 감아서 두 배 사이즈 만드는 저 여자가?"

"응, 그렇더라고."

"세상에⋯⋯." 진수가 감탄하며 고개를 *끄덕끄덕*했다.

두 사람은 잠시 입을 다물고 옆집 아줌마의 피아노 연주를 들었다.

"이거, 제목이 뭐냐?"

"녹턴. 쇼팽."

"유명한 거야?"

"완전."

"좋네."

"그러게."

"해민아."

"응."

"내가 수능 본다 그러면 너 비웃을 거냐?"

"경쟁하지 말라니까, 히히."

*

그날 늦은 오후, 삼남매는 진태의 긴급 소집 요청에 따라 종로 YMCA 건물 앞에 모였다.

"여기야? 형이 귀신을 봤다는 데가?"

외근을 나왔던 진태는 도로 정체로 멈춰 선 버스 안에서 무심히 창밖을 내다보았다고 했다. 실은 점심때 대학 동창을 만나 취직자리를 부탁하고 회사로 돌아가던 길이었지만 그 얘기는 하지 않았다. 그런데 바삐 오가는 사람들 사이에, 마치 과거에서 튀어나온 듯한 남자 한 명이 있었다고 했다. YMCA 건물 입구에 서 있던 그 남자는 땀에 푹 절어 있었고, 계속 좌우를 살피며 누군가를 애타게 기다리는 것 같았다고 했다. 갑자기 굵은 소나기가 쏟아지기 시작하면서 사람들이 모두 흩어져버렸지만, 그 남자는 미동도 하지 않았다고 했다. 그리고 그 남자의 얼굴, 언젠가 보았던 아버지의 옛 사진과 너무도 닮아 있었다고 했다.

"형까지 왜 이래, 정말? 말도 안 되는 소리 좀 그만해."

"왜 말이 안 돼?" 해민이 말했다.

"그걸 몰라서 물어? 어떻게 살아 있는 사람의 귀신을 볼 수 있냐고."

"오빠도 엊그제 아빠 목소리 들었다며!"

"그건 내가 상상한 거고!"

"아니야, 오빠. 나는 큰오빠 말이 맞는 거 같아."

"어째 이런 상황이 처음이 아닌 것 같다? 지난번엔 아버지 분노고, 이번엔 아직 죽지도 않은 아부지 귀신이 성불 못 해서 구천을 떠도는 거라고?"

"의사가 했던 말 기억 안 나?" 진데가 말했다. "꿈처럼 과거 의 시간을 경험하는 환자들이 있다고 그랬잖아."

"그래서 그게 어쨌다고."

"아버지는 지금 과거의 시간을 살고 있는 거야. 약속의 장 소에서 에이미를 기다리고 있는 거라고! 그 여자가 이곳에 나 올 때까지 시간을 붙들고 또 붙들고 있는 거라고! 아직도 모 르겠어? 에이미를 찾아서 이곳에 나오게 하는 거야. 그러면 서로 알아볼 거야, 분명히."

"장례야 어차피 또 할 거였으니까 그랬다고 치자. 그치만 이건 진짜 오바야!"

"그럼 넌 언제까지 이렇게 살고 싶은 건데!"

"작은오빠, 이번엔 확실해. 그치 큰오빠?"

진태가 확신에 찬 표정으로 고개를 끄덕였다.

"아부지가 딴 여자 때문에 헤벌레 하고 저승 가면 엄마가 퍽이나 좋아하겠네!"

"그건 두 분이 알아서 할 문제고!"

*

에이미를 찾아야 한다!

약속의 장소에서 두 사람을 재회시켜야 한다!

의욕은 대단했지만 삼남매가 에이미에 대해 알고 있는 객관적 사실은 거의 전무했다. 이름은 물론 정확한 나이조차 알지 못했다.

"한 번쯤은 본명을 언급하지 않았을까?" 삼남매는 머리를 맞대고 아버지의 명상록을 두 번이나 정독했다. 그러나 해병대 복무 시절 김 중사라는 분을 통해 펜팔을 소개받았다는 사실을 재확인했을 뿐 아무런 소득이 없었다.

다음 날 아침 삼남매는 아버지의 일기장들을 챙겨 흥신소에 작업을 의뢰했다. 시간이 많지 않았으므로 양쪽에서 찾아보는 편이 훨씬 효율적이라는 판단에서였다. 덥수룩하게 구레나룻을 기른 흥신소장은 딱 이틀이면 충분하다며 걱정하지 말라고 큰소리를 쳤다. 불륜이나 캐고 다니는 사람이 과연 이 일을 해낼 수 있을까 미심쩍긴 했지만, 달리 도리가 없었다.

진태가 회사에 나가 있는 동안 진수와 해민은 안방을 이 잡듯이 뒤졌다. 어딘가에 에이미로부터 받은 편지가 있다면 거기엔 분명 주소가 적혀 있을 테고, 그러면 어떤 식으로든 현재 그녀가 사는 곳을 역추적해 나갈 수 있을 거라고 생각했다.

아버지가 차곡차곡 정리해 놓았던 방은 어느새 발 디딜 틈 없는 난장판이 되어버렸다. 뭔가 곱게 싸여 있어서 허겁지겁 풀어보면 삼남매의 초등학교 시절 그림일기와 사진들이 들어 있었다.

"이게 여기 있었네? 오빠, 이거 봐봐. 나 이때 완전 귀엽지 않아?"

"됐고. 이거 좀 봐봐, 죽이지 않냐?"

진수는 자신이 초등학교 4학년 때 보이스카우트 보디빌딩 대회에 출전했던 사진을 들고 있었다.

"초딩이 무슨 보디빌딩이냐? 그리고 이건 근육도 아니야. 그냥 뼈 자국이라고. 심지어 징그럽잖아!"

"보디빌딩은 원래 징그러운 거야! 아무것도 모르면서. 네가 남자 몸을 알기나 하냐?"

한참을 키득거리다가 "맞다, 이럴 때가 아니지." 한쪽으로 팽개쳐놓고는 다시 여기저기를 뒤졌다. 마지막으로 다락방까지 샅샅이 뒤져봤지만 못 보던 아버지 어머니의 신혼 때 사진들을 찾아낸 것 외에는 모두 헛수고였다.

아버지의 수첩엔 두 명의 김 중사 전화번호가 있었다. 그중 하나는 없는 번호라는 안내 음성이 들렸고, 나머지 하나는 몇 번을 걸어도 신호만 갈 뿐 연결이 되지 않았다.

이제 친척들 차례였다.

"고모, 저 진태예요."

"야가 누고! 이게 얼마 만이가!"

얼마 만이더라? 지난 세 번의 장례식을 제외하면 결혼식 이후로는 고모 얼굴을 제대로 본 적이 없었다. 전화 통화는 더더욱 기억에 없었다. 그래서 본론을 꺼내기에 앞서 이런저런 불편한 안부부터 주고받아야 했다.

"니 색시랑은 다 잘 있제?"

"그, 그럼요. 고모님도 건강하시죠?"

여전히 고향에 살고 있는 고모는 진태의 전화에 반가움과 걱정을 한꺼번에 쏟아냈다. "아이고, 야야, 니 애비 때문에 우야노!"

고모는 아버지 얘기에 울먹울먹하더니, 막냇동생인 아버지를 자기가 얼마나 아꼈었는지 아느냐며 눈물을 터뜨렸다. 그래서 진태는 한참 만에야 혹시 에이미라는 이름의 여자를 아느냐고 물어볼 수 있었다. 예전에 고향 집에 찾아와 집안 형편을 알아보고 갔다는 사람의 얘기까지 부연해 봤지만 아쉽게도 고모는 둘 다 전혀 기억하지 못했다. 하긴, 벌써 40년 가까이 지난 일이었다.

큰아버지와 통화한 해민도 별로 소득이 없었다.

205

"진짜 기억 안 나세요? ……네? 엄마 말고요, 에이미! 아빠 옛날 애인이요!"

그러고는 왜 아버지 대학 시절 인색하게 굴고 눈칫밥을 먹였냐고 따져 물었다. 큰아버지는 한참 동안 아무 말이 없다가, 어떻게 전해 들은 얘기인지는 모르겠지만 그때는 자신도 힘든 시절이었고, 아버지가 이렇게 된 뒤로는 더더욱 그때 일들이 떠올라 죄책감이 들었다고 먹먹하게 잠긴 목소리로 말했다.

진수는 왕년에 춤 깨나 췄던 둘째 큰아버지와 통화했다.

"어르신 센스가 있으시네. 저도 역시 지르박이죠! 쿵쿵짜작 쿵쿵짜작, 발디딤이 예술이잖아요?"

진태의 따가운 시선에 그제야 본론을 물었지만 건진 것은 없었다.

그렇게 순차적으로 나머지 친척들에게도 전화를 걸었다. 모두들 똑같이 삼남매의 전화에 놀라는 동시에 반가움을 숨기지 않았다. 심지어 이렇게 전화를 해줘서 고맙다며 기특하다는 소리까지 들었다. 그들은 한결같이 아버지의 상태를 걱정했고 꿋꿋하게 지켜드리라는 당부도 잊지 않았다. 하지만 그 누구도 에이미라는 여자를 기억하지는 못했다.

아버지의 대학 동창들 쪽도 상황은 크게 다르지 않았다. 어렴풋이 에이미라는 이름을 기억하는 사람은 있었지만, 딱 거기까지였다.

　이제 아버지의 죽음까지 이틀이 남았다. 삼남매는 답답한 마음에 병원을 찾았다. 예기치 않은 방문에 간병인은 놀란 눈치였다. 게다가 삼남매가 나란히 함께 온 것은 한 번도 없던 일이었다.

　삼남매는 눈가가 촉촉이 젖어 있는 아버지를 내려다보았다.

　"아부지 지금 유체 이탈해서 YMCA 앞에 있는 거 맞아? 형이 봤다던데?"

　"아빠, 우린 다 알아! 그 여자 때문에 이러는 거."

　"그 여자한테 받은 편지들 다 어디다 두신 거예요? 그쯤은 알아야 저희도 뭘 해볼 거 아니에요!"

　자식들의 말이 들리는지 안 들리는지 아버지의 얼굴은 딱딱하게 굳어 있기만 했다. 혹시나 해서 아버지 입가에 귀를 대고 한참을 기다려봤지만 위태롭게 가래 끓는 소리만 자꾸 들려서 마음만 더 무거워졌다.

　삼남매가 커튼을 젖히고 나오자 보호자들끼리 쑥덕거리는 소리가 들렸다.

　"아이고 세상에나, 쯧쯧쯧."

　"저 못된 것들. 말세야, 말세."

자식들 셋이 쪼르르 달려와서는 죽어가는 아버지를 붙들고 여자 관계를 캐묻는 것으로 비쳤을 게 분명했다.

발끈한 해민이 다 들리도록 오빠들에게 귓속말을 했다.

"아니, 왜 나이가 들면 저렇게 큰 소리로 남 얘기를 속닥거리시는 걸까? 저게 들으라는 거야, 못 들으라는 거야?"

"들으라는 거야, 이 등신아. 빨리 나와!"

임종 전날의 아침, 낙심하고 있던 삼남매에게 홍신소장이 찾아왔다. 잔뜩 기대에 차서 그를 맞았지만 그도 에이미라는 여자에 대해선 특별히 건진 것이 없다고 했다.

홍신소장은 보자기로 곱게 싸인 아버지의 명상록들을 삼남매 앞에 내려놓았다.

"감동받았습니다, 아버님의 일기. 제 아버지가 떠올라서 저도 한참이나⋯⋯."

홍신소장은 그렇게 말하며 눈시울을 붉혔다. 진심인 모양이었다. 그가 서류 한 장을 내밀었다. 전화 연락이 되지 않던 김 중사의 주소와 부인의 연락처가 적혀 있었다.

"김 중사님, 아니 지금은 퇴역하신 김 원사님이 현재 병환으로 입원해 계신다는 것까지만 알아냈습니다."

희망이 보였다. 김 중사를 만난다면 분명 실마리를 얻을 수 있을 거라는 확신이 들었다.

홍신소장은 또 한 장의 서류를 내밀었다. 두 사람의 이름과 전화번호, 주소가 적혀 있었다. 삼남매는 눈이 번쩍 뜨였다.

"이게 뭐죠? 에이미 후보인가요?"

"아뇨. 아시겠지만…… 미스 박과 미스 김입니다."

"아빠 첫 로맨스의 주인공들?"

"네, 맞습니다."

"아니 그걸 왜……."

"서비스입니다. 저는 이쪽 얘기도 좋더라고요. 가정교사로 들어간 뒤에 그 운명의 반전, 아아, 드라마틱했어요."

＊

삼남매는 김 중사가 있다는 해남으로 향했다. 휴가철이 끝나서인지 도로는 한산했고 벌써 세 시간째 한 번도 멈추지 않고 호남고속도로 위를 달리고 있었다. 오늘 밤 천둥 번개가 치고 비가 쏟아질 예정이지만 창밖으로 보이는 하늘은 더없이 쨍하고 맑았다. 마치 그들이 곧 닥쳐올 불행에 대해 알면서도 부질없이 희망을 품었던 것처럼.

"오빠들."

"응."

"만약에 말이야, 아빠가 고생도 좀 덜하고 더 여유로운 환경에서 공부했었다면, 그래서 진짜 외교관이 됐다면 어땠을까? 아빠 바람대로 외국에 나가 살았겠지? 그럼 우린 지금 해외 교포가 됐을라나?"

운전 중인 진태가 룸미러로 해민을 올려다보았다. "만약 그랬다면 우리가 태어났겠어? 에이미랑 잘 먹고 잘살았겠지."

"앗, 그러네? 그럼 우린 아빠의 실패에 감사해야 되는 건가?"

"왜. 합법화된 동성 결혼, 뭐 그런 게 아쉬운 거냐?" 진수였다.

"들켰다. 히히."

동생 말하는 게 귀여워서 오빠들이 피식피식 웃었다.

"오빠들."

"응."

"난 그냥…… 만약에 그래도 우리가 태어났다면, 우리의 인생이 달라졌을까 하고 생각해 본 거야."

"만약 그게 가능하다면, 음…… 잘은 몰라도 지금보다는 확실히 더 나은 삶을 살고 있지 않을까?" 진태가 말했다.

"역시 그럴까? 근데 어떤 게 나은 삶인데? 난 아까부터 그게 궁금했거든."

"글쎄……?"

"돈?"

"있으면 좋지."

"그건 그래." 진수였다.

"명예?"

"있으면 좋지."

"그것도 그래."

"사랑?"

세 사람은 잠시 침묵했다. 그들은 모두 사랑의 실패자였다. 한 사람은 사랑을 끝내려 했고, 한 사람은 거짓 사랑에 목을 맸고, 한 사람은 아예 번지수부터 틀렸다.

진태는 문득 이런 생각이 들었다. 어쩌면 가진 것과 이룬 것이 너무 초라해서, 그 실패들이 마치 자신들의 인생을 대변하는 양 더 아프게 받아들이고 있는 것인지도 모른다고. 그리고 지금 자신들이 하고 있는 이 노력조차도, 그 패배감에서 벗어나기 위해 가장 쉬운 길을 택하고 있는 것인지도 모른다고. 멀어지는 것으로, 도망치는 것으로.

하지만 여기에도 미덕이 전혀 없는 것은 아니었다. 벌써 세 번째로 반복되는 이 시간들을 함께 겪는 동안 동생들을 더 잘 알게 된 것 같다고, 조금 더 가까워진 것 같다고 진태는 생각했다. 그리고 이런 얘기, 비록 가벼운 웃음을 끼워 넣고는 있지만 삶에 대해 이런 진지한 얘기를 나눌 수 있다는 게, 그게 마냥 어색하지만은 않다는 게, 진태는 싫지 않았다.

"오빠들."

"또 뭐."

"이렇게 우리끼리 차 타고 가는 거 처음인 거 같다. 그치?"

"그런가?"

"완전 좋아. 꼭 여행 같잖아."

듣고 보니 그런 것 같기도 했다.

"오빠들!"

"또 왜!"

"배 안 고파? 앗! 휴게소 2킬로미터!"

다섯 시간 반이나 걸려 해남에 도착했다. 삼남매는 곧장 해남종합병원을 찾았다. 과거 아버지와 에이미의 인연을 맺어 주었던 김 중사는 벌써 여든 가까운 나이였고, 얼마 전 뇌졸중으로 쓰러져 입원해 있었다. 말은 어눌했고 그마저도 거의 알아들을 수가 없었다. 뭔가 말해 주려고 입을 우물거리기는 했지만 말 대신 계속 침만 흘러나왔다. 마지막 기대가 무너지는 순간이었다.

"기억나요. 유종철 해병."

김 중사의 부인은 아버지를 기억하고 있었다.

아버지는 김 중사가 매우 아끼던 사람이었다고 했다. 집이 서울에 있을 때뿐만 아니라 해남으로 이사 온 뒤에도 아버지는 몇 번이나 이곳에 찾아와 김 중사와 술잔을 기울였다고 했다.

두 사람이 에이미라는 여자 얘기를 하며 웃는 걸 본 기억은
있지만, 그 이상은 부인도 알지 못했다.

그렇게 모든 가능성의 문이 닫혀버렸다.

돌아오는 차 안에서 그들은 아무 말이 없었다.

수원에 도착해서도 아무 말이 없었다.

차에서 내리기 직전, 다섯 시간 반 만에 해민이 입을 열
었다.

"내일 봐, 오빠."

22

모든 것이 똑같았다. 다른 게 있다면 매번 느껴지던 낯섦이 없다는 것 정도였다.

의사는 또 한 번 에이미라는 이름에 관해 물었다.

"알아요." 진태가 대답했다.

"환자들이 간혹 과거의 어느 특정 시점을……."

"안다고요." 진수가 푸욱 한숨을 쉬며 의사의 말을 잘랐다.

이제 몇 분 후면 유명을 달리할 아버지를 내려다보면서 진태는 어쩔 수 없이 원망스러운 마음이 들었다. 사람은 죽을 때 무엇이 가장 안타깝고 한이 남을까? 사랑하는 가족들과의 때 이른 이별? 아니면 변변치 못한 유산?

왠지 이런 생각이 들었다. 아마도 자신이 이루지 못했던 꿈, 남기지 못했던 무엇, 그리웠던 무엇일지 모른다고. 그렇게 사람은 가족을 이루고 사회를 이루고 살지만, 죽음 앞에선 철저히 개인일지 모른다고.

아버지는 길게 마른 하품을 했고, 다시 한번 저세상을 향해 짧은 여행을 떠났다. 어쩌면 곧장 YMCA로 향했는지도 모르고.

*

삼남매는 알아서 척척 장례를 진행해 나갔다. 요만큼도 허둥대거나 집착할 일이 없었다. 이제는 익숙해진 순서들을 따라 차분하게 흘러갔다. 덕분에 상조에서 나온 사람들은 할 일이 줄어들었다. 그저 삼남매를 보조하는 정도였다.

관을 떨어뜨리는 불상사도 없었고 지난번에 빈 봉투를 내고 간 사람을 골탕 먹이는 일도 없었다. 아버지의 죽음을 안타까워하는 조문객들의 모습에 삼남매는 오히려 연민을 느꼈다. 그리고 미스 박과 미스 김의 등장에 묘한 흥분을 느끼기도 했다. 어떻게 알고 왔는지 흥신소장도 한 귀퉁이에서 삼남매와 비슷한 표정으로 그녀들을 지켜보고 있었다.

그녀들은 나란히 서서 아버지의 영정 앞에 절을 올렸다. 이미 환갑이 넘은 나이였지만, 삼남매에겐 마치 스무 살의 그녀들이 과거로부터 시간여행을 와 있는 것 같았다. 삼남매에게 조의를 표하는 미스 박의 주름진 눈가에 눈물이 맺혀 있었다. 미스 박은 알고 있던 걸까? 아버지의 절절한 가슴앓이를?

정말로 많은 사람들이 다녀갔다. 이것이 할 수 있는 마지막 방법이라며 진태가 엄청나게 부고 연락을 해대긴 했지만, 이렇게 기꺼이 찾아와준 사람들에게 삼남매는 고마움을 느꼈다. 그들은 저마다 삼남매를 붙들고 자신들이 기억하는 아버지에 대해 이야기했다. 즐거운 추억도 있었고, 안타까움도 있었고, 눈물도 있었다.

자신을 '옥남'이라고 소개한 오십 대 초반의 여자는 아버지한테 한글을 배웠다고 했다. 자기에겐 아버지가 선생님 같은 분이었다고 말하며 울먹였다. 그녀는 아버지를 짝사랑했었다고 했다. 그녀를 단념시키려고 주변 사람들이 아버지가 죽었다고 거짓말을 해버리는 바람에 몇 날 며칠을 눈물로 지새웠다는 일화를 말할 때는 십 대 소녀처럼 배시시 웃기도 했다.

명상록 2권과 3권 사이의 공백에 대한 미스터리가 이렇게 풀렸다. 아버지는 선생님이기도 했고, 사춘기 소녀의 첫사랑이기도 했던 것이다.

삼남매는 주변을 둘러보았다. 꽉 들어찬 사람들 속에 어쩌면 에이미가 있을지 모른다는 생각이 들었다. 뭔가 느낌이 있는 여자들 곁에 슬금슬금 다가가 "에이미?" 하고 중얼거려 보기도 했다. 저쪽에 앉은 단아한 모습의 부인이 에이미가 아닐까? 아니면 아까 절도 하기 전에 눈물부터 쏟던 그분이 에이미가 아니었을까? 그런 생각을 하다 보면 어느새 각각의 테이블에 수많은 에이미들이 앉아 있는 듯한 착각이 들었다.

*

　그런데 발인 날 새벽녘, 한 사람이 뒤늦게 찾아왔다. 머리 스타일 하며 말투가 꼭 퇴역한 직업 군인 같았고 허둥지둥 달려온 티가 역력했다. 영정 앞에서 절을 올리는 그의 양복 바짓단 밖으로 쑥색 군용양말이 툭 튀어나와 있었다. 해민은 풋, 하고 웃음이 터지는 걸 간신히 참아냈다.

　아버지의 군대 동기였던 그는 5년 전쯤 길에서 우연히 아버지를 마주쳤다고 했다. 제대 후 34년 만이었는데도 서로를 알아본 게 너무 신기했다고 했다. 마침 그때 어딜 급히 가는 길이어서 "다음에 꼭 술 한잔 하자!" 약속을 하고 연락처를 주고받았는데, 술 약속은커녕 이렇게 부고를 받았다며 몹시 안타까워했다. 그러고는 삼남매에게 양해를 구하고 나서 소주 한잔을 따라 제단 위에 올렸다.

　"저기 혹시…… 에이미라는 분에 대해 알고 계신가요?" 진태가 넌지시 물었다.

　"그럼, 알다마다!"

　당시 내무반에서 에이미는 유명 인사였다고 했다. 몇 번인가는 아버지가 받은 편지를 몰래 빼내 소대원들 앞에서 읽어

줬고, 그 때문에 아버지와 주먹다짐까지 했던 얘기를 전하며 그는 껄껄껄 웃어댔다.

삼남매가 더 자세히 얘기해달라고 조르자, 그는 조금 이상하게 생각하면서도 자신이 기억하고 있는 것들을 하나둘씩 꺼내놓았다. 대부분 명상록을 통해서 이미 알고 있는 내용들이었다.

"그러고 보니…… 그 5년 전에 너희 아버지랑 헤어지면서 내가 물었지. 그 에이미는 지금 어떻게 사냐?"

"그랬더니요?"

"죽었다고 하더라고."

삼남매는 순간 멍해져버렸다. 이미 낙심할 대로 낙심한 상태였지만, 이렇게도 확실하게 불가능의 영역으로 들어가 버리고 나니 허탈한 웃음만 나왔다.

*

그들은 서로 아무 말이 없었다. 이렇게 하자 저렇게 하자 나서는 사람도 없이 묵묵히 아버지의 유품들을 정리해 나갔다. 어차피 또 해야 할 일인데 굳이 이럴 필요가 있느냐 투덜대는 사람도 없었다.

즐겨 입으시던 몇 벌을 제외하고 아버지의 옷가지들은 모두 재활용센터에 실어다 날랐다. "내일이면 다시 고스란히 옷장을 채워줄 거야." 진수가 농담을 했지만 역시 웃는 사람은 없었다.

명상록들은 다시 상자에 담겨 다락 속 본래의 자리를 되찾았고, 삼남매의 초등학교 시절 그림일기와 사진들도 서랍 속 깊은 곳으로 가라앉았다.

저녁 무렵, 녹초가 돼버린 삼남매는 쓰러지듯 방바닥에 누워 사방을 둘러보았다. 에이미의 흔적을 찾느라 난장판이 됐던 아버지의 방이 깔끔하게 정리되어 있었다.

"근데 저건 어쩌지?" 진태가 말했다.

네 개의 책장에 수백 권의 책들이 빽빽하게 꽂혀 있었다.

"아빠는 저 책들 다 읽었을까?"

"헌책방? 고물상? 요즘은 얼마나 쳐줄라나?"

"한 2, 3만 원?"

"오빠들, 아빠 혹시 비상금 같은 거 책 사이에 몰래 꼬불쳐 놓고 그러지 않았을까? 만약 옛날 돈이라도 나오면 값어치가 제법……."

누가 먼저랄 것 없이 삼남매가 벌떡 일어섰다. 그리고 책장에 꽂혀 있는 책들을 들추기 시작했다. 오래된 책 먼지 때문에 연신 코를 훌쩍거리고 눈을 비비고 콜록콜록 기침을 해대면서도 손놀림은 점점 빨라졌다. 입가엔 미소도 지어졌다. 지난 두 달간 이보다 신나는 일은 없던 것 같았다.

"앗싸!" 진수가 제일 먼저 쾌재를 불렀다.

82년에 발행된 주택복권이었다.

"뭐야, 돈도 아니구만." 해민이 실망과 안도를 뒤섞어 말했다.

"왜? 수집가들한테는 값어치가 있지 않나?"

"누가 꽝된 걸 돈 주고 사냐? 우표도 아니고." 진태였다.

그래도 뭔가 튀어나왔다는 사실에 고무되어 세 사람은 더욱 경쟁에 열을 올렸다.

"앗싸!" 이번엔 해민이었다.

"뭔데, 뭔데!"

해민이 책 한 권을 가슴에 끌어안고 있었다.

"『홀 오브 페임』. 그것도 원서로. 발행 연도가 1974년이야. 오빠들 이게 얼마나 훌륭한 책인지 알아? SF의 마스터피스만을 엄선해 놓은 거라고. 내가 SF로 도망친 건 다 이유가 있었어. 유전이었던 거야!"

감동에 겨워 해민은 눈물까지 글썽글썽했다.

"뭐야, 별것도 아닌 거 가지고." 오빠들이 동시에 투덜대고는 다시 책장을 향해 몸을 돌렸다. 마음이 급해지고 있었다. 이제 경쟁이 아니라 거의 전쟁이었다.

진수는 영문으로 된 토인비 『역사의 연구』 전집을 끝내자마자 곧바로 법정스님의 수필 시리즈로 옮겨 갔고, 해민은 아버지가 뒤늦게 시작했던 컴퓨터 길잡이 책들을 끝낸 후에 공인중개사 수험서 쪽으로 옮겨 갔다.

진태는 잡다한 소설책들을 후딱 해치우고 나서 지금은 오래된 문학 전집을 들추고 있었다. 자기만 찾은 게 없던 터라 욕심을 부린 나머지 영 잘못된 선택을 하고 말았다. 문학 전집을 확인해 보는 건 여간 번거로운 일이 아니었다. 단단한 양장으로 제본된 책 속을 살피려면 그 각각의 책을 감싸고 있는 두꺼운 종이 케이스부터 벗겨내야 했다.

"아악!" 진태가 비명을 내질렀다.

"젠장, 돈이야?"

"오빠 얼마야?"

진태가 동생들을 향해 돌아섰다. 넋이 나간 표정이었다. 『백년 동안의 고독』 케이스를 든 그의 손이 부들부들 떨리고 있었다.

"왜 그래? 뭔데?"

케이스 안에는 책이 들어 있지 않았다. 대신 한 권의 일기장과 편지 묶음이 들어 있었다. 그것들은 다름 아닌, 에이미가 아버지로부터 받은 편지들과 아버지가 에이미로부터 받은 편지들이었다.

"아니, 어떻게 이게……."

삼남매는 똑같이 당황했다. 아버지가 에이미에게 보낸 편지들 때문이었다. 그것들이 어떻게 이 집에서 나왔는지 선뜻 이해가 되지 않았던 것이다.

"가능성은 두 가지야." 진태가 말했다.

"어떻게?"

"에이미가 이 편지들을 아버지한테 돌려줬거나……."

"그게 아니면?"

"그게 아니면…… 에이미가 바로……."

"우리 엄마이거나?"

진수가 철퍼덕, 방바닥에 주저앉았다.

23

추가로 발견된 명상록을 통해 모든 것이 밝혀졌다.

아버지는 약속의 장소에서 몇 날 며칠을 기다리다 힘없이 집으로 돌아왔고, 실의에 빠진 나머지 생사의 기로를 오갈 만큼 몸이 쇠약해졌다.

큰누나였다. 나는 큰누나의 얼굴을 전혀 기억하지 못하면서도 그것이 큰누나라는 것은 분명히 알았다.

어째서 내가 아주 어렸을 적에 돌아가신 큰누나가 지금 내 옆에 앉아 있는 것일까? 하고 생각했을 때에, 나는 내가 죽었다는 것을 깨달았다. 그리고 밑을 내려다보니 고무신 아래에 집 앞 봇도랑이 흐르고 있었다. 내가 죽어 고향에 찾아왔구나! 아버지 어머니를 뵈러 왔구나! 큰누나는 나를 마중 나와 있던 것이었다. 나는 엉엉 울면서 큰누나의 품에 안겼다.

"우리 종철이 어데서 그래 재밌게 놀다 왔노? 손이 시커멓다 아이가." 큰누나는 빨랫비누로 나의 손을 누나의 두 손으로 부벼 씻겨주었다. 그게 얼마나 기분 좋은지 나는 울다 말고 깔깔대며 웃었다. 그런데 나의 웃음소리는 아이적 웃음소리였다.

이것은 또 어째서일까? 어찌하여 나는 죽어서 어린아이로 돌아가 버린 것일까? 그런 생각을 하는 사이, 어느새 큰누나가 나의 깨끗해진 손을 붙들고 우리 집을 향해 걷고 있었다. 나는 대문에 도착하여 "아버지! 어머니!" 하고 소리쳤다. 아무 대답도 들리지 않아서 나는 안방에도 들어가 보고 부엌에도 들어가 보았다. 역시 아무도 없었다.

"다들 어데 가신 깁니꺼? 논에 나가셨는교?" 내가 물었는데도 큰누나는 마당에 발도 들이지 않고 대문 앞에 서서 방실방실 웃고만 있었다.

"안 들어오고 거서 뭐 합니꺼." 하고 내가 또 물었더니, 큰누나는 "금방 오실 끼다. 한숨 더 자그래이!" 하고는 어딘가로 가버리려고 하였다. 그래서 나는 "누나! 누나!" 부르면서 쫓으려다 그만 잠에서 깨어나고 말았다.

아버지는 신음조차 내지 못하고 계속 눈물만 흘렸다. 큰누나가 자신을 살려준 것 같아 감사하는 마음이 들기도 했지만 차라리 그냥 죽었으면 했던 것이다. 꿈속에서라도 부모님을 뵐 수 있었다면, 큰절을 올리고서 큰누나를 따라갔다면 얼마나 좋았겠느냐고 아버지는 몹시 안타까워했다.

그렇게 다시 일어설 용기도 목적도 잃고 그저 굶는 것으로 명을 재촉하고 있던 그때, 아버지의 고상한 표현을 빌리자면 '죽음을 통해 막 생의 의의를 발견하려던 그 순간' 에이미가 아버지에게로 돌아왔다.

"눈 좀 떠봐요! 눈 좀 떠보라구요!"

에이미의 목소리를 듣고도 나는 처음에 속임수라고 생각하였다. 눈을 뜨면 다시 살게 될까 겁이 났다. 나는 더 꼭 눈을 감아버렸던 것이다.

"아이고, 이 땀 좀 봐. 대체 얼마나 이러고 있던 거예요? 얼마나 냄새가 나는 줄 알아요?"

그 말을 듣고서 나는 번쩍 눈을 뜨고 말았다. 에이미였다! 나의 에이미가 눈앞에서 귀엽게 웃고 있었던 것이다!

"저예요! 에이미가, 욕심쟁이 아가씨가 이렇게 돌아왔어요!"

아버지는 죽은 큰누나에게 그랬던 것처럼 에이미 품에 안겨 감격의 눈물을 쏟았다. 그리고 에이미는 땀에 찌든 아버지의 얼굴을 옷소매로 닦아주었다.

그날 나는 다시 태어났다. 과거의 시간들은 내 생애 최고의 날들이었지만, 이제는 다시 그곳으로 돌아가지 않을 것이다. 그리고 더는 너를 에이미라 부르지 않겠다. 당신, 나의 아내!

아버지가 기운을 차리자마자 두 사람은 도망치듯 수원으로 이사를 와서 신혼살림을 차렸다. 쉽지 않았음이 분명했다. 아버지는 외무고시를 목표로 다시 공부를 시작했지만 마냥 책만 들여다볼 형편이 아니었다. 거듭되는 페이지마다 외교관이라는 꿈을 놓지 못하는 자신을 향해 비난이 이어지더니, 결국 꿈을 포기하고 구직에 나섰다. 그리고 몇 번의 실패 끝에 작은 백화점 영업부에 들어갈 수 있었다. 물론 그조차도 쉽지는 않았다. 과외의 노동을 강요당했고, 수많은 부조리를 마주하며 눈물을 흘렸다. 하지만 아버지에겐 어머니 말고도 자신을 붙잡아줄 또 하나의 거울이 있었다.

하늘에 있을 우리 아가에게 부끄러운 사람이 되어선 안 된다. 우리의 꼬마 천사에게 축복이 있기를…….

그랬다. 미처 태어나지 못하고 저세상으로 떠난 형제가 있었던 것이다. 삼남매는 잠시 잊고 있던 그 아기의 존재를 다시 떠올렸다. 지금은 아무 상관도 없는 아버지 어머니 두 사람만의 과거일지도 모르지만, 왠지 그 때문에 서로가 조금 더 끈끈하게 맺어져 있다는 느낌이 들었다.

아버지와 어머니는 첫째인 진태를 갖고서야 양쪽 집안으로부터 인정을 받을 수 있었고, 조촐하나마 결혼식도 올릴 수 있었다. 그리고 그 뒤부터는 이미 알고 있는 사실들이었다. 개구쟁이 진수가 태어났고, 뒤늦게 막내둥이 해민이 태어났다.

그러나 여전히 한 가지 의문은 남았다.
"대체 왜 중매결혼이라고 말해 왔던 걸까?" 진수가 물었다.
"연애결혼이었다고 말하면 당연히 연애 시절에 대해 물을 거 아냐. 그럼 어쩔 수 없이 그 아기가 떠오를 테고." 해민이 말했다.
"그 얘긴 안 하면 되잖아."
"그럼 아기의 존재를 부정하는 꼴이 돼버리는데? 그 죄책감을 어찌 감당해?"
"그럼 개 이름은 왜 해피라고 지었는데?"
"그땐 엄마가 돌아가신 뒤잖아."
"그게 뭔 상관이야."
"그 유산에 대해 더 마음을 쓰고 있던 건 역시 아빠보단 엄마였던 거야. 여자니까."

해민의 그럴듯한 추론을 듣고도 진수는 영 와닿지 않는 표정이었다. "어쨌든 다행이다, 그치? 저승에서 부부싸움 할 일은 없어진 거잖아."

"저승을 가서야 부부싸움을 하든 말든 할 거 아니야."

해민이 말하고는 진태를 쳐다보았다. 아까부터 진태는 뭔가를 골똘히 생각하고 있는 듯했다.

"큰오빠, 이제 어쩌지?"

진태가 대꾸도 없이 가만히 있자 진수가 먼저 말했다.

"우리 그냥 받아들이면 안 될까? 반대로 생각해 봐봐. 덕분에 아부지가 더 오래 살고 있잖아. 매번 갔다 오는 거긴 하지만."

드디어 진태가 입을 열었다. "아버지가 알게 만들어야 돼."

"뭘?"

"에이미와의 사랑이 결국 이루어졌다는 걸. 더 이상 미련하게 기다리지 않아도 된다는 걸!"

24

또다시 8월 5일로 돌아왔다.

그러나 이번엔 달랐다. 기다리던 반복이었다.

진태는 이혼에 대해 여전히 같은 생각이냐고 묻는 아내에게 조금만 더 시간을 달라고 양해를 구했다. 그리고 그때까지 아무 생각도 하지 말고 있어달라는 부탁도 잊지 않았다.

"너무 이기적인 소리인 건 알지만, 지금은 이렇게밖에 말할 수 없어. 정말 미안해……."

그길로 직장에 출근해서는 그간 눈치 보며 쓰지 못했던 휴가를 모두 묶어서 신청했다. 과장이 또 희망퇴직을 운운하며 좋지 않은 영향을 줄 거라고 경고했지만, 진태는 그냥 한번 씨익 웃어주고는 뒤돌아서서 사무실을 나왔다.

*

어젯밤 진수는 자신의 솔직한 마음을 담아 편지 한 통을 썼다. 그런데 편지를 부치려고 아침 일찍 일어나 보니 그게 감쪽같이 사라지고 없었다.

"이런, 젠장!" 당연한 일이었다.

진수는 어제의 기억을 더듬어 다시 한번 편지를 썼다.

뭐 하고 계세요? 마스크팩 하고 계세요?

지금 밖에는 달이 아주 예쁘게 떠 있어요. 팩 안 떨어지게 고개를 뒤로 젖히고 한번 내다보세요. 어때요? 예쁘죠?

전 지금 초딩 어버이날 이후 처음으로 손편지를 쓰고 있어요. 당신은 이 편지를 받으면 어떤 기분이 드실까요?

아이고, 그걸 생각하니까 괜히 떨리네요. 하하!

있잖아요, 저는 최근에 아주 우연히 아버지의 일기장을 읽게 됐어요. 그건 아버지가 대학생이었던 젊은 시절의 일기였어요.

그 다섯 권이나 되는 걸 다 읽고 나니까, 인생은 아니 젊음은 두 가지로 정의가 되더라구요. 그게 뭘 거 같아요?

사랑 그리고 좌절. 꼭 주말드라마 제목 같죠?

솔직히 저는요, 열심히 살지를 않아서 좌절이 뭔지 잘 몰랐어요. 이때까지 33년을 살면서 제가 제일 힘들었던 건 심심한 거랑 지루한 거였거든요. 그런데 이제는 좌절이 뭔지 조금 알 것 같아요. 당신 때문에요.

저는요…… 당신을 너무도 열렬히 사랑하고 있어요.

하지만 이 못난 인간이 어찌 자기의 위치도 모르면서 아름다운 궁정의 꽃을 허허벌판으로 옮기겠어요?

(이건 우리 아버지가 일기장에 썼던 표현이에요. 구리죠?)

제 마음이 딱 그래요. 당신은 저 같은 무능력자는 감히 꿈도 꿀 수 없는 귀한 사람이니까요.

근데요, 그걸 다 알면서도 요즘 너무도 자주 당신의 꿈을 꾸었어요. 날짜로 따지면 두 달도 넘어요. 어쩔 수가 없었어요. 믿기 어렵겠지만 그건 우주가 시킨 일이었거든요.

그 꿈들은요, 조금씩 다르기도 하고 비슷하기도 해요. 저는 죽도록 당신을 사랑하다가 버림을 받고 상처를 받아요. 어떤 때는 당신과 사랑을 나누기도 하지만 (비록 꿈이지만 정말 대단했어요!) 당신은 결국 저를 미워하게 돼요. 막 욕까지 해요.

그래서 당신은 저에게 좌절이에요.

근데 아버지 일기장에 보면 이런 말이 있어요. 이 세상에서 가장 약한 자는 사랑의 실패자다. 사는 의욕도 목적도 없어진다. 그저 고깃덩이에 불과하다. 차라리 사랑을 하지나 말면 좋겠지만 인간으로서 어찌 그럴 수 있겠느냐.

그래서 당신은요, 저에게 여전히 사랑이에요.

항상 감사하고 있어요. 당신이 없었다면 저는 춤을 알지 못했을 거고, 그러면 정말 심심하게 살았을 거예요. 좌절이 무엇인지도 알지 못했겠죠. 그리고 사랑도.

불가능하다는 것은 알고 있지만 아마도 한동안은 계속 당신을 사랑할 것 같아요. 당신을 생각하면 마음이 막 설레고 좋은 기분이 들거든요.

걱정하진 마세요. 귀찮게 안 할게요. 그냥 몰래몰래. 하하!

그럼 이만.

유진수 올림

추신.

참! 요즘 건강이 안 좋아 보이셨어요.

구석구석 아주 세.밀.한. 종합검진 꼭! 받으세요.

*

해민도 선배 언니를 찾아가 모든 걸 솔직하게 이야기했다. 사무실에 나오기 시작한 건 거듭되는 패배감에서 벗어나기 위해 억지를 부린 것이었다고, 그런데 자신도 모르는 사이 언니를 사랑하게 됐다고.

언니는 다 눈치를 채고 있었다고 말했다. 해민이 레즈비언인 것도, 자신을 사랑하는 것도. 하지만 어떻게 대해 주어야 할지는 망설여졌다고 했다.

"제가 레즈비언인 건 언제 알았어요?"

"네 웹툰. 상 받은 거 있잖아. 딱 보니 알겠던데?"

"그래서 BL을 그려보라고 했던 거예요?"

"응."

"그럼 연민이다 뭐다 그 이상한 말들은 다 뭐였던 거예요?"

"내가 그런 말도 했어?"

아차, 싶었다. 그런데 언니가 자기 이마를 탁 때렸다.

"내가 밤에 전화했구나? 미안. 정말 술을 끊어야지 안 되겠다."

언니는 비록 속물이었지만 그래도 뻔뻔한 사람은 아니었다. 해민이 어떻게 반응할지 궁금해서 시험해 봤던 거라고, 다른 뜻은 없었다고, 그냥 악취미였다고 하면서 자기 마음이 범한 죄를 솔직히 고백했다. 양조위보다 장만옥이 좋다고 했던 것도 아마 그래서였을 것이다.

그러고는 미안했는지 "정식으로 'SF BL' 코너를 신설할 계획이야." 하고 마음에도 없는 소리까지 해대서 기분이 조금 상하긴 했지만, 해민은 다 용서하고 이해하기로 했다. 그리고 언니와 친구가 되고 싶다고 말했다.

"언제든 막 울고 싶거나 같이 울어줄 사람이 필요하면 꼭

233

연락주세요."

"울고 싶으면?"

"그냥 그렇게만 기억하세요. 울고 싶을 땐, 저한테 전화를 하는 겁니다. 알았죠?"

*

바리바리 짐을 챙겨 든 삼남매가 병실로 들어서자 모두들 의아한 눈으로 바라보았다. 두 달 새에 벌써 수차례나 들락거렸었지만 이를 전혀 기억할 수 없는 그들로선 여전히 낯선 풍경일 수밖에 없었다.

진태가 한 발짝 나서며 말했다.

"814호 환자 보호자 여러분, 지금부터 저희가 하려는 일 때문에 조금 시끄러울지도 모르겠습니다. 평소에 몇 번 찾아오지도 않은 주제에 정말 부끄럽지만, 며칠만 너그럽게 참아주시면 그 은혜는 평생토록 잊지 않겠습니다."

삼남매는 나란히 서서 깊게 고개를 숙였다. 그리고 1만 2천 원짜리 병문안용 주스 한 박스, 병원 식당 식권 열 매, "혹시 필요하시면." 하면서 2천 원짜리 귀마개를 주욱 돌렸다. 그리고 그간 아버지를 돌봐준 간병인에게는 특별히 30만 원 상당의 화장품 세트를 선물했다. 간병인은 그에 대한 답례로 세상에서 가장 근사한 미소를 보여주었다.

진태가 이렇게 통 크게 돈을 써댔을 때, 동생들은 이제껏 한 번도 보여준 적이 없던 존경의 눈빛으로 그를 바라보았다. 때문에 진태는 최악의 경우 다시 되돌아올 돈이라는 말은 목구멍으로 삼키고 말았다.

삼남매는 커튼을 둘러치고 아버지 곁에 마주 앉았다. 집에서 챙겨 온 명상록과 편지들, 사진 앨범 그리고 가족과 관련된 모든 것들을 아버지 곁에 빽빽하게 늘어놓았다. 마치 아버지가 추억 위에 떠 있는 듯했다.

오로지 이 방법뿐이었다. 어느 영화에서처럼 아버지의 꿈 속으로 뛰어 들어가 진실을 소리치고 싶은 마음은 굴뚝같았지만, 지금 그들이 할 수 있는 일은 오로지 이것뿐이었다.

"시작해."

진태가 손짓하자 진수가 아버지에게 몸을 기울이며 굵은 목소리로 말했다.

"이봐, 유 상병. 내가 아주 귀여운 아가씨 한 명을 알고 있는데 말이야. 어때, 펜팔 한번 하지 않겠나? 뭐라고? 사진을 보여달라고? 허허, 이 사람 참. 자네가 사진을 받아보려면 아직 한참 더 기다려야 돼. 뭐라고? 답답해서 숨넘어간다고? 어차피 2주 뒤면 넘어가게 돼 있어. 너무 조급하게 굴지 말게나."

진태가 진수를 쿡 찌르고 소곤거렸다. "너 미쳤어? 아버지

그때 돌아가시는 건 우리만 아는 거잖아!"

"아이고야, 그러네." 실수를 깨달은 진수가 혀를 내밀었다.

삼남매는 커튼 밖의 분위기에 귀를 기울였다. 작게 웅성거리는 소리들이 들렸다.

"어쩌지, 형?"

오빠들이 난감해하는 사이 해민이 과감하게 치고 나갔다.

"사진을 원하신다고요? 허나 드릴 수 없다고 말씀드리렵니다. 왜냐고요?"

이때껏 세상을 살아오는 동안 내 역사의 기록에는 이성에게 사진 같은 걸 보내본 적도 없거니와, 보내리라는 것조차 예측해 보지를 못했거든요. 다만, 싫어서 억지로 찍으셨을 줄 아는 사진이 어떠한 것인지 보내주신다면 사양은 하지 않으렵니다.

제 욕심이 어느 정도라는 것, 이제 아셨죠? 후후!

"이때부터 에이미는 욕심쟁이 아가씨였고, 아빠는 고집쟁이 아저씨였어. 기억나지?"

진태가 해민에게 엄지손가락을 들어 보였다. 덕분에 아버지 어머니의 수줍은 첫 대화들이 싹둑 잘려나갔지만, 그래도 꽤 자연스러운 연결이었다.

다시 진수가 나섰다.

"아부지는 사진을 포기하고 다음 작전으로 돌입했어. 바로 면회!"

"하지만 에이미는 그렇게 만만한 여자가 아니었어. 금세 올 것처럼 해놓고는 결국엔 오질 않았지." 해민이 뽐내듯 얄밉게 말했다.

"아부지는 완전 빈정이 상했어. 차후엔 만남을 강요치 않을 것이오! 다짐을 했지. 하지만 추신에다가는 보문사의 단풍이 매우 아름답소, 몇 번 버스를 타고 어디 내린 뒤에 또 무슨 배를 타면 오기가 수월타 하던데, 하면서 정말 자세히도 알려줬잖아? 사랑을 위해 자존심도 버린 거지. 해민이는 아부지 태도에 문제가 있는 거라고 했지만, 나는 아부지 심정이 백 퍼센트 이해가 돼. 나도 은근 화가 나더라니까? 연애가 장난이야? 사람 성질만 버려놓고 그게 뭐 하는 짓이야? 아부지는 이때부터 인생의 실망과 좌절에 길들여지기 시작한 거야, 그치?"

"너 자꾸 헛소리할래?"

"형이 무슨 감독이야? 나도 말 좀 하자."

보호자 몇 사람이 큭큭거리는 소리가 들렸다. 진태는 얼굴이 빨개져서 해민에게 계속하라는 신호를 보냈다.

"철! 문득 우리가 처음 만난 때를 생각해 보고 있어요. 신촌 로타리 왕자다방, 오후 4시. 기억해요?"

그땐 무척이나 망설였죠. 왠지 두렵기만 했으니까. 허지만 철의 반듯한 생김새, 단단해 뵈는 몸, 꼭 눈물을 머금은 듯이 보이는 눈망울을 보고서 나도 모르게 웃음이 났지요.

고집쟁이 아저씨! 우리 너무 오래 못 본 듯해요. 지금은 한없이 한없이 가까이 가 서 있고 싶은 마음뿐이에요. 눈을 감으면 마음은 언제나 그쪽으로 내달리는걸요.

"역시 남자는 잘생기고 볼 일이야, 그치? 에이미는 그때 아부지를 만나고 나서 완전 뻑이 간 거야."

"야, 말 좀."

"흠뻑 빠진 거야. 됐어?"

"응."

또 어느 보호자의 큭, 하는 웃음소리가 들렸다.

*

비가 와요. 근무 서느라 퍽 적조하시겠죠? 에이미가 곁에라도 앉아드리면 좋겠지만 그럴 수 있는 처지도 아니고. 며칠 후엔 추석이라 하던데 또 외롭고 힘들다 하실는지. 그럼 어쩐다? 욕심쟁이 아가씨의 통통한 볼을 생각하시렵니까?

"나는 지금 갑작스러운 작전으로 부대를 떠나 타지에 나와 있어. 에이미는 추석을 즐겁게 보냈어? 누굴 위해 기도라도 올렸어? 나는 달님에게 빌었지. 달님이시여! 나의 에이미에게 지상의 인간에게 내려주시는 것 중에 최대의 행복을 내려주시고, 영원히 나의 곁을 떠나지 않게 하여주소서! 하고."

어제 하루 종일 만든 송편이에요. 솔잎 그대로 쉬지 않을 것 같은 것만 골라봤는데 가는 동안 어떻게 될는지……. 만약 쉰 듯할 땐 잡숫지 마세요. 그저 에이미의 마음만 아시고.

"오늘 아침 부대로 복귀하여 보니 에이미의 소포가 날 기다리고 있었지 뭐야? 정성 어린 소포를 일주일 만에 개봉했지. 근데 무어라 말을 해야 할까…… 아아, 나는 그저 허망이 바라만 볼 뿐!"

그렇게 40년의 세월을 거슬러 아버지와 에이미는 다시 사랑을 나누기 시작했다. 두 사람이 주고받은 편지의 양만큼, 아버지가 적어 내려간 일기의 페이지만큼, 그들의 추억이 새겨진 사진의 수만큼 시간이 필요했다. 삼남매는 매일 아침 출근하듯 아버지의 병실을 찾았고, 밤늦게 자정이 다 돼서야 집으로 돌아갔다.

25

"그해 겨울, 드디어 무슨 일이 있었게?"

진수가 큼큼, 목을 가다듬고 일기의 한 페이지를 읽었다.

"에이미, 당신은 무엇 때문에 나를 좋아하는지 모르겠다. 너와 내가 사랑에 굶주렸기 때문일까? 크흑!"

"야, 웃으면 어떡해!"

"알았어. 잘할게." 진수가 후우, 심호흡하고는 천천히 운율을 살려 다시 읽었다. "처음으로 같이 밤을 새웠던 그날을 생각하면, 정말 못 견디게 당신이 보고 싶어진다! 보드라운 살결에서 풍겨난 체취가, 어쩌면 당신을 더욱 사랑하게끔 했는지도 모른다!"

이번엔 진태가 큭, 하고 웃음을 터뜨렸다.

요즈음 저의 생활은 행복한 듯하면서도 왠지 무미건조해요. 왜일까요? 매사에 불만이 가득 담겨 무작정 탈피하고 싶은 요망한 갈등이 일곤 합니다. 허나 에이미는 현명한 아가씨예요. 누구보다도 자신의 처지를 잘 알고 있읍니다. 그러기에 이 끓어오르는 못된 감정을 억누르며 현실과 싸워 이길 수 있는 거예요.

"에이미도 너무 아쉬웠던 거야. 그 첫날밤이." 해민이 말했다.

"그때는 욕정을 '못된 감정'이라고 했었나 봐? 아부지, 그래?" 주변에서 또 웃음소리가 들렸다.

"얼마 있지 않아서 아빠하고 에이미는 진짜로 하나가 됐어."

"아부지도 알고 있겠지만, 그러고 나면 세상이 달라지는 법이잖아? 그 뒤로는 못된 감정이라는 말이 아주 쏙 들어갔더라고."

아! 가슴이 마구 뜁니다. 당신의 말씀대로 역시 만났다 헤어지는 것은 너무나 괴롭다는 사실을 알게 됐읍니다. 떠나는 찝차를 바라봤을 때 눈물이 왈칵 쏟아지는 걸 주체키 어려워 눈을 꼭 감고 당신과의 약속만을 생각했읍니다. 영원히 당신을 따르겠다고…….

"그리고 아부지는 제대를 했어. 에이미랑 숱하게 데이트를 했지. 공룡 나오는 영화도 같이 보고."

"아빠, 그 영화 기억나? 제목이 〈공룡시대〉였잖아. 아빠가
어지간히 감동을 받았다고 해서 나도 보려고 찾아봤거든? 근
데 그거 〈쥬라기 공원〉 같은 게 아니던데? 되게 야한 영화였
어. 주인공들이 전부 비키니만 입고 막 숲속을 뛰어댕기더
라고."

*

언제나처럼 똑같은 날들의 연속이지만 가슴에 뭉친 아픔의
덩어리는 자꾸자꾸 자라만 갑니다. 그냥 날 좀 위로해 주면 안
되나요? 죄송해요. 보고 싶다는 말부터 써야 하는 건데……

"아빠, 이 편지 기억나?" 해민이 차분한 목소리로 물었다.
대답처럼 크르르 가래 끓는 소리가 들렸다.
"맞아. 에이미는 아기를 가졌어."
커튼 밖에서 작은 술렁임이 일었다.

사실 어젯밤 진태는 이 부분을 그냥 건너뛰자고 제안했었
다. 당시의 시대상을 생각했을 때 아버지 어머니가 자칫 무책
임한 사람들로 비치지 않을까 걱정이 되었던 것이다. 하지만

242

진수와 해민은 반대했다. 꼭 넣어야 한다고 했다. 진수는 어디서 주워들었는지 드라마에는 항상 위기가 찾아오기 마련이며 그 위기는 주인공들을 변화시키는 아주 중요한 부분이라고 했다.

그러자 해민이 이렇게 말했다.

"오빠들 뭔가 단단히 착각하고 있는 거 아니야? 다른 사람들 들으라고 우리가 이러고 있는 게 아니잖아. 난 아빠가 알아야 한다고 생각해. 아빠는 그저 두려웠을 뿐이지만, 엄마는 그보다 열 배는 더 두려웠다는 걸. 그리고 그걸 견뎌내기 위해 또 그 열 배의 용기가 필요했다는 걸. 난 아빠가 그걸 꼭 알았으면 좋겠어."

얼마 전부터 이틀에 한 번씩 간호원이 커다란 주사침으로 내 혈관을 마구 찌르곤 포도당에 비타민B 복합제를 섞어 넣어줍니다. 눈에 뜨이게 나빠가는 내 모습을 보시고 아버지께서 고집을 피우셨거든요.

당신의 이번 편지, 뜯기도 전에 왜 그렇게 눈물이 쏟아지던지. 조금만 더 따뜻하게 말씀해 주셨던들 잠시나마 환희를 맛볼 수 있었을 텐데…….

허지만 난 모두 잘 알고 있는걸요. 당신은 어느 정도 짐작을 하셨던 거예요. 제 입에서 나올 말에 두려움을 느끼신 거예요.

그렇기에 지금껏 잔인한 슬픔을 감내하며 태연을 노력했고, 항시 나를 싸돌고 있는 검은 구름을 멀리 보내야 했었죠.

아아, 이렇게 어려운 글을 써보기는 난생처음인 듯싶습니다.

"아빠 느껴져? 누구보다 힘든 건 자기인데 이 바보 같은 여자는 항상 아빠를 걱정하고 있었어. 기껏 에둘러 사실을 전했을 때 아빠는 어떻게 했었어? 침묵으로 답했잖아. 딴소리를 했잖아. 그래서 에이미는 무서워 죽겠는데도 산의 향내가 어떻다, 무슨 꽃이 피었다, 버들강아지가 지천이다, 억지로 그런 말들을 써 보냈어. 아빠 마음 편하라고. 아빠는 일기장에다 두렵다, 정말 두려웠다, 자책하듯이 적어놨지만, 사실은 비겁했던 거잖아. 도망치고 싶었던 거잖아. 그치? 응?"

오빠들이 나란히 해민의 어깨 위에 손을 얹었다. 해민은 고개를 끄덕끄덕하며 감정을 추스르고 말을 이었다.

"그리고 얼마 있다가…… 에이미는 아기를 유산했어. 그리고 아빠는 하늘에 기도를 올렸어. 그 아기가 천사가 되게 해달라고."

해민의 말이 들렸던 것인지, 아니면 YMCA 앞에서 비를 맞고 서 있는 스스로가 처량해서인지, 아버지의 눈가에 고여 있던 눈물이 또르르 흘러내려 귓바퀴에 고였다.

삼남매는 잠시 조용히 입을 다물었다. 그리고 814호 병실도 그들을 따라 침묵에 잠겼다.

*

아버지는 자식들의 입을 빌려 다시 한번 외교관이라는 꿈을 향해 나아갔다. 자신을 혹사시켰고, 몸이 상했고, 점차 나약해졌고, 끝내는 예정된 실패에 도달했다.

해민은 두 사람이 이별하기 전 에이미가 보낸 마지막 편지를 읽었다. "시원치도 못한 비가 진종일 내리더니만, 저녁 무렵에는 서쪽 하늘이 맑아졌어요. 관상대의 예보가 신통하게도 맞았네요."

매일처럼 바라보는 서쪽 하늘이 오늘은 왜 저렇게 더 멀고 아득하기만 한지. 우리 서로의 글이 요즘 너무 늦어지고 있죠? 당신은 제게 실망을 줄 수 없어 쓰질 못하시는 거겠고, 전 저대로 안달을 해대서 당신의 마음을 조급하게 만들고 싶지 않은 거겠죠.

허지만 고집쟁이 아저씨. 무소식이 희소식이란 말도 있다만 저에겐 오히려 그 반대이기만 했어요. 저는 잘 알고 있어요. 당신의 침묵은 늘 괴로움을 참는 것이라는 걸.

이제부턴 즐거움은 물론 괴로움까지도 함께 할 의무를 제게 주세요. 저는 그 무엇도 원망치 않아요. 당신의 건강과 안녕을 걱정할 뿐이에요. 너무 억지 부리지 말고 우리 그저 세상 돌아가는 대로 따라가보면 어때요?

"에이미는 다 알고 있었어, 아빠가 얼마나 노력했는지를. 아빠의 실패에 실망하지도 않았고 오히려 아빠를 걱정하고 있었어. 아빠 혼자 바보처럼 괜히 끙끙 앓았던 거라고."

"아부지는 이런 여자가 곁에 있어서 엄청 좋았겠어. 부럽다, 부러워!"

"전 그게 싫었어요." 진태였다. "어머니는 늘 저희보다 아버지가 먼저였어요."

동생들은 당황했다. 진수는 내내 잠자코 있더니 웬일이래? 하고 생각했고, 해민은 그가 너무 앞서 나가고 있음을 지적했다. "오빠, 에이미는 아직……."

하지만 진태는 계속 말했다.

"후회하지 않을 자신 있냐, 아버지는 항상 그렇게 물었었지만 제가 기억하는 아버지는 그저 책상 앞에 앉아 있는 모습뿐이었어요. 해고된 동료와의 의리를 지키겠다고 덩달아 회사를 때려치우고 나온 아버지를, 돈도 못 버는 주제에 책이나 펴들고 앉아 있는 아버지를, 저는 결코 존경할 수가 없었어요. 저 사람이야말로 후회뿐인 인생을 살아온 사람이다, 고상한

척이나 할 뿐 아무것도 책임질 능력이 없는 사람이다, 어머니
는 뭐가 좋아서 저런 사람을 받들어 모시며 사는 걸까, 결혼이
뭐라고 저렇게까지 마음에 없는 짓을 해야 하는 걸까, 지금이
라도 어머니가 이혼을 원하시면 나는 무조건 찬성할 거다. 그
렇게 생각했었어요……. 정말 죄송해요, 아버지."

진태는 동생들에게 미안하다는 표정을 지어 보였다. 지금
이 아니면 영영 기회가 없을 것 같아, 라는 속마음은 눈빛에
만 담았다.

"아니야, 오빠. 사실은 나도 그렇게 생각했었어."

"형, 나도. 그치만 우리가 두 분의 마음을 몰랐던 거지 모른
척했던 건 아니잖아. 아부지도 이해할 거야."

진수가 아버지의 귓가에 대고 물었다.

"아부지 그렇게 속 좁은 사람은 아니지? 엄마한텐 아부지
가, 아부지한텐 엄마가 세상에서 제일 소중했다는 걸 우리는
정말 몰랐어. 아부지도 우리한테 서운했겠지만 솔직히 우리
도 엄청 서운했다고. 하지만 이제라도 알게 된 게 어디야, 그
치? 이제 쌤쌤인 거다? 응?"

칠레에서 광산 붕괴사고로 매몰된 광부 33명이 모두 사망한 것으로 보입니다. 칠레 정부 관계자는 "지금까지 1주일째 구조작업을 계속하고 있으나 매몰된 광부들과 전혀 연락이 되지 않고 있다."면서 "광부들이 살아 있을 가능성은 거의 없는 것으로 보인다."고 말했습니다.

〈YON〉

26

    일주일이 지났다. 아버지와 에이미의 가슴 아픈 이별이 지나가고 이제 두 사람이 다시 하나가 되었음을 이야기하고 있었다.

    "기억나지? 아부지가 큰고모 손 붙잡고 요단강 건너고 있을 때 에이미가 찾아왔잖아!"

    "눈 좀 떠봐요! 눈 좀 떠보라구요! 아이고, 이 땀 좀 봐. 대체 얼마나 이러고 있던 거예요? 얼마나 냄새가 나는 줄 알아요?"

    "야, 냄새 얘긴 뭐 하러 읽어!"

    "혹시 알아? 그때처럼 아빠가 번쩍 눈을 뜰지, 히히."

    "아니야, 형. 나도 이 장면 좋아. 아부지 성격이 딱 드러나잖아. 죽겠다던 사람이 창피한 게 어디 있다고 그 한마디에 눈을 번쩍!"

    주변에서 키득키득 웃음소리가 들렸다. 진태도 웃고 말았다. 마치 그 옛날 라디오 드라마를 듣던 것처럼 모두가 삼남매의 이야기에 귀를 기울이고 있었다. 그리고 어제저녁부터는 814호 식구들의 요청으로 커튼도 치지 않은 채였다.

해민은 사진 한 장을 아버지 눈앞에 들어 보였다.

"자, 봐봐. 여기가 엄마랑 아빠가 처음 같이 살게 된 사글셋 방이야. 기억나지? 엄마가 이렇게 활짝 웃고 있는 거 보여? 아빠는 돈이 없어서 늘 죄책감을 느끼고 미안해했지만, 엄마 얼굴 좀 봐봐. 이렇게 행복하게 웃고 있잖아!"

진수가 또 다른 사진 하나를 그 옆에 나란히 갖다 댔다.

"그리고 이게 누구게? 진태 형이야! 아부지가 볼이 터지도록 얼굴을 비비고 있는 이 엄청나게 못생긴 아기가 바로 에이미, 아니 엄마 아부지의 자식새끼라고!"

또 한 번 청중들의 웃음이 터졌다. 어딘가에선 훌쩍거리는 소리도 들렸다.

삼남매는 반복을 멈춰야 한다는 사명 따위는 잊어버린 것 같았다. 그들의 표정과 목소리에선 사랑과 연민만이 느껴졌다. 홀로 고통의 시간을 반복하는 아버지가 안타까워 삼남매는 너무도 자주 눈물을 흘렸고, 또 그만큼의 웃음으로 아버지를 위로했다.

그러는 와중에 한 사람의 환자가 아버지보다 먼저 세상을 떠났다. 예전엔 미처 몰랐던 사실이었다. 그는 아버지와 비슷한 연배였고, 그의 아내가 수개월 동안 병원에서 먹고 자며 곁을 지키고 있었다.

조무사들이 침대 바퀴의 고정 장치를 풀고 그를 천천히 병실 밖으로 밀고 나가자 그의 아내가 뒤를 따랐다. 그런데 그녀가 잠시 멈칫하더니 몸을 돌렸다. 침대가 사라져버린, 이제는 아무것도 없는 빈자리를 바라보았다. 혹시 중요한 걸 놓고 가지는 않나 확인해 보는 줄 알았는데 그게 아니었다. 그녀는 허공을 바라보는 눈빛이 아니었다. 내내 차분히 남편의 임종을 지켜보았던 그녀는 바로 그 순간에야 눈물을 터뜨렸다.

삼남매는 가슴이 먹먹해졌다. 저 빈자리는 단순히 그녀의 남편이 죽어간 자리가 아니었다. 비록 4,5초밖에 안 되는 짧은 순간이었지만, 그녀는 분명 두 사람이 함께한 그 아픈 시간을 추억한 것이었다.

아무 의식 없이 누워만 있다고 해서, 전혀 살아 있는 것처럼 느껴지지 않는다고 해서, 아버지 곁을 지키는 그 시간을 무의미하다 단정 짓고 결코 추억이라 여기지 않았던 자신들이 삼남매는 한없이 부끄러웠다.

*

아버지와 어머니의 사랑 이야기가 모두 마무리 되었을 때 삼남매는 눈에 띄게 지친 모습이었다. 진태는 정수리에 새치가 돋았고, 진수는 살이 좀 빠졌고, 해민은 잇몸이 잔뜩 부어 있었다. 그러나 그들은 처음부터 다시 시작했다. 마치 그들이 만들어낸 타임루프 같았다. 지난번 아쉽게 잘려나간 아버지와 어머니의 첫 대화들도 고스란히 되살아나며 두 사람의 사랑이 더욱 애틋하게 불타올랐다.

삼남매는 또 한 번의 상처와 가슴 아픈 이별을 함께 견뎌냈고, 에이미가 아버지의 아내이자 자신들의 어머니가 되었다는 사실을, 아버지의 절절한 사랑이 마침내 아름다운 현실이 되었다는 사실을 간절한 마음으로 전했다.

장독대에 흰 눈이 포근히 내려앉았어요. 아마도 지금, 당신은 무척이나 걱정을 하고 있겠죠? 아버지는 아직 다 풀어지시진 않았어요. 허나 내가 "아가가 아버지를 닮았어요!" 했더니 얼굴을 빨갛게 부끄러워하시면서 밖으로 나가셨어요. 그리고 엄마는 지금도 진태를 안고 손에서 놓지를 않으세요. 우리 조금만 더 기다리면 될 것 같아요.

오늘 아침, 엄마가 내 방에 와서 그러셨어요. 진실한 사랑 속엔 후회도, 배신도, 사소한 자존심 따위도 존재할 수 없다고요. 충분한 아량과 믿음만이 있을 뿐이라고 하셨어요. 그렇게 말씀하시는 엄마를 보면서 옛날엔 느껴보지 못한 흐뭇한 감정과 자그마한 행복을 느꼈어요.

나. 그렇게 당신을 사랑할 것을 약속드립니다.

곧 돌아갈게요. 조금만 기다리세요.

해민이 어머니의 마지막 편지를 손에서 내려놓자 병실 안 여기저기서 한숨과 훌쩍임이 들렸다. 814호 환자들과 보호자들뿐만 아니라 소문을 듣고 찾아온 의사들도, 간호사들도, 모두 조용히 그들의 이야기를 듣고 함께 눈물을 흘리고 있었다.

진태는 아버지에게로 더 가까이 다가가 손을 꼭 잡았다.

"아버지, 그거 알아요? 아버지는 늘 하늘이 아버지를 버렸다고 생각했지만, 최소한 한 가지 소원은 들어준 거예요. 에이미를, 우리 어머니를 영원히 아버지 곁에 있도록 해줬잖아요, 그렇죠? 듣고 있어요, 아버지? 그러니까 제발…… 괜히 힘들게 YMCA에 가서 어머니 기다리고 그러지 말아요, 네? 아버지 듣고 있어요?"

그때였다. 아버지의 얼굴이 심하게 일그러졌다. 마치 우는 듯했다.

내가 이렇게 아버지를 사랑하고 있다는 걸 드디어 알아주시는구나! 아버지도 느끼고 계시는구나! 진태도 눈물이 고였다. 그리고 동시에, 뒤편의 수많은 관객을 의식하며 희열 비스무리한 것을 느꼈다. 혹시 무대 위의 배우처럼 내가 아주 근사

253

해 보이지 않을까? 이제 아버지를 와락 끌어안으면 감동이 절정에 치닫겠구나, 생각했고 막 그렇게 하려던 참이었는데, 난데없이 간병인 아주머니가 끼어들었다.

"저기요."

"아니, 왜……." 진태는 살짝 기분이 언짢았다.

"더는 기다릴 수 없을 것 같아요."

"네?"

"많이 불편해하고 계세요."

"저를요?"

"아뇨, 저렇게 인상을 쓰고 계시잖아요. 빨리 아버님 변을 치워드려야 해서요. 조금만 늦어도 금방 짓무르거든요."

"아, 예……."

간병인은 삼남매를 뒤로 물리고 커튼을 쳤다. 부스럭부스럭 아버지의 바지를 내리는 소리가 들리더니, 간병인이 들으라는 듯 큰 소리로 말했다.

"아이고, 아버님이 기분이 좋으셨나 봐요. 엄청 싸놓으셨네!"

*

임종 하루 전, 해민은 선배 언니의 전화를 받고 병원을 나섰다. 실은 며칠 전부터 계속 전화가 걸려왔지만 일부러 받지 않았었다. 무엇보다 지금은 아버지가 1순위였고, 지난번에 고백까지 해놓은 터라 언니 얼굴을 보기도 조금 민망해서였다.

해민을 만나자마자 언니는 4년 사귄 애인과 이별했다며 눈물을 흘렸다. 하지만 대단한 위로는 필요치 않았다. 시간이 약인 건지 눈물의 양이 지난번보다 확연히 적었다. 오히려 영화표를 썩히기 아깝다는 투였다. 이안 감독 특별전 〈색, 계〉. 상영시간이 채 두 시간도 남지 않았던 것이다.

해민은 진태에게 양해를 구하고 극장으로 향했다. 잠시라도 혼자 있고 싶었다. 이유는 알 수 없었다. 아버지 때문인지, 왠지 모를 허무 때문인지, 영영 다가오지 않거나 혹은 언제든 다가올 미래에 대한 두려움 때문인지.

두 시간 40분에 걸친 치명적인 사랑이 전개되는 동안, 해민은 캄캄한 극장 안에서 눈물을 흘렸다. 탕웨이가 뿜어내는 거부할 수 없는 매력과 불편한 자세로 꿀렁대는 양조위의 욕망을 바라보면서, 이해타산이 하도 복잡해 동정조차 구하지 못하는 그들의 사랑을 바라보면서, 해민은 정말 하염없이 눈물을 흘렸다. 그것은 로봇이 할 수 없는 일이었다. 그리고 그 눈물로 얻은 작은 후련함 역시도 로봇은 결코 맛볼 수 없는 것이었다.

그러나 티슈를 챙겨 가지 않은 건 큰 불찰이었다. 남에게 방

해될까 봐 제대로 한번 코를 들이마시지도 못했다. 내내 티셔츠를 끌어당겨 코에 대고 있었기 때문에 극장에 불이 들어왔을 때 어떤 몰골일지도 심히 걱정스러웠다.

관객들이 모두 떠나고 엔딩크레딧까지 다 올라간 뒤에야 해민은 티셔츠를 놓고 고개를 들었다. 그런데 극장 안에 환하게 불이 켜졌을 때, 문득 옆자리의 시선이 느껴졌다. 등잔 밑이 어둡다더니!

"정말 죄송합니다." 해민이 그쪽으로 고개를 숙였다.

"이거……."

지적인 느낌의 여자가 손수건을 내밀고 있었다. 해민이 얼떨떨하게 받아들자 여자는 자리에서 일어나 출구로 향했다. 하지만 두 사람이 재회하는 데는 단 3분이면 충분했다.

밖에는 요란한 천둥소리와 함께 소나기가 쏟아지고 있었고, 좀 전의 여자가 극장 문 앞에서 망연히 거리를 내다보고 있었다.

착! 해민이 우산을 펴고 곁에 나란히 섰다. 여자는 비가 올지 어떻게 알았냐는 듯 놀란 표정이었다. 해민이 말했다.

"제가 미래에서 왔거든요, 히히."

*

삼남매는 다시 한번 아버지의 임종을 맞았다. 이제는 초조하게 기다릴 필요가 없었다. 설마 하며 마음 졸일 필요도 없었다. 보름 동안 그들이 해온 일을 지켜본 터라 의사 또한 에이미를 아느냐고 물을 필요가 없었다. 그리고 아침에 면도를 해드려서 그런지 아버지는 얼굴도 말끔했다.

진태는 뒤를 돌아보았다. 삼남매 자신들뿐만 아니라 병실에 있는 모두가 아버지의 삶이 끝나는 순간을 조용히 받아들이고 있었다. 자랑스러웠다. 이 사람의 아들인 것이. 물론 아버지의 인생이 성공적이었다고 생각한 것은 아니었다.

그는 명상록 6권에 나오는 일기의 한 대목을 떠올렸다. 아버지가 외무고시 서적들을 전부 청계천 헌책방에 팔고 돌아온 날이었다.

어젯밤 잠자리에서 아내가 또 물었다.

"정말 후회 안 할 자신 있어요?"

나는 답하였다. "실패를 받아들일 자신은 있어."

"에이, 그게 뭐예요?" 아내가 나를 꼬집었다.

"뭐긴, 똑같은 뜻이지!" 나도 아내를 꼬집었다.

아버지가 실은 그러지 못했음을 진태는 알고 있었다. 그 여섯 번째 명상록 뒤표지에 붙은 종이 포켓에는, 언제든 내놓을 것처럼 곱게 적은 사직서가 들어 있었다. 아마도 아버지는 한동안, 그 꿈이 좀 더 흐릿해질 때까지 후회하지 말자는 다짐을 되뇌며 살았을 것이다. 그러고는 그 말이 입버릇처럼 남아서 뜻하지 않게 자식들을 괴롭혔을 것이다.

그러나 진태가 그 일기를 떠올린 것은 '후회' 때문이 아니라 '실패를 받아들인다'라는 말 때문이었다.

인생에서 성공과 기쁨의 순간들은 과연 얼마나 될까? 실패와 좌절의 순간들은 또 얼마나 될까? 냉정히 판단해 보건대, 분명 실패와 좌절의 순간들이 대부분일 터였다. 우리는 매번 후회를 겪으며 살 수밖에 없는 운명인 것이다. 매번 절망을 딛고 다시 일어서야 하는 고단한 운명의 소유자들인 것이다. 하지만 어떻게 그게 가능할까? 어떻게 그 안에서 다시 희망을 품고 미래를 바라볼 수 있을까? 실패를 잘 받아들이는 것. 어감이 무척 비관적이긴 해도 방법은 그것뿐이라는 생각이 들었다.

이혼을 합리화하는 데 반년이나 걸렸지만 사실 그렇게 복잡한 이유가 아니었다. 제 맘대로 되지 않은 현실에 답답함을 느낀 것이었다. 이제 지쳐서 어디라도 기대 마음껏 쉬고 싶은데 그러지를 못하니까 그냥 다 놔버리려 한 것이었다. 고통을 내 것으로 받아들이기보단 외면하려 한 것이었다. 결혼을 일찍 했던 것도 마찬가지였다. 아버지만 있는 집이 불편해서였다. 불행을 행복으로 덮어보겠다는 가당찮은 명분을 만들어 자신을 속인 것이었다. 그는 도망자였다.

하지만 아버지는 모험자였다. 누구나와 마찬가지로 수많은 실패를 겪었고, 연이은 고난에 눈물을 흘렸고, 불행을 예감하며 두려움에 떨었다. 그러나 나약한 자신을 저주할지언정 거짓을 꾸며내 스스로를 기만하지 않았다. 절망의 순간에도 항상 자신을 돌아보며 삶이란 과연 무엇인지를 이해하기 위해, 그 모진 섭리가 빚어낸 패배의 순간들을 받아들이기 위해 부단히도 애를 썼다. 그리고 그 끝에는 늘 희망을 발견해 냈다. 진태는 그것이 자랑스러웠다. 무엇 하나 대단하게 이뤄낸 것은 없지만, 삶을 버리는 것 하나 없이 그야말로 진정으로 살아냈다는 생각이 든 것이었다.

"우리는 바로 이런 아버지의 자식들이야." 진태가 중얼거렸다.

"뭐라고?" 진수가 되물었다.

진태는 씨익 웃어 보이며 진수와 해민의 손을 꼭 잡았다.

"우리는 바로 이런 사람의 아들이고, 딸이라고."

그 순간, 아버지는 기다렸다는 듯이 마른 하품을 하며 또 한 번 삶의 끈을 놓았다.

삼남매의 얼굴에는 눈물과 미소가 동시에 떠올라 있었다. 때로는 원망스러웠으며 때로는 안타까웠고 또 어떤 때는 측은했던 그를, "멋지다, 우리 아빠! 히히." 그렇게 떠나보냈다.

*

아버지의 장례식에는 참 많은 사람들이 다녀갔다. 서로 다른 이유들로 이곳에 찾아와 조의를 표하는 그들에게, 삼남매는 오히려 위로를 전했다. 아버지를 잃은 건 자신들뿐만이 아니었으므로.

아버지의 관 속에 여섯 권의 명상록과 편지들을 함께 넣었다. 그것들은 곧 아버지와 함께 회색빛 재로 변했고, 7년 전 돌아가신 어머니의 유골과 하나가 되어 한 그루 어린 소나무의 밑거름이 되었다.

그리고 다시 유품 정리의 시간이었다. 삼남매의 손놀림에 경건함이 느껴졌다. 종이 쪼가리 하나 쉬이 버리는 일 없이 다시 한번 찬찬히 아버지의 과거를 쓰다듬었다.
그렇게 모든 것이 끝났을 때, 진태는 처음 그랬던 것처럼 25년산 시바스리갈을 꺼내 와 한 잔씩을 따랐다.

"큰오빠." 해민이 잔을 받으며 말했다.

"응."

"나한테 전화 좀 해봐."

"왜."

"그냥 해봐. 내가 재밌는 거 보여줄게."

"싫어."

"그럼 내가 해도 돼?" 진수가 끼어들었다.

해민이 고개를 끄떡이자 진수가 전화를 걸었다.

따라라 따라라라라 따라라…… 익숙한 멜로디가 흘렀다. 해민의 핸드폰 벨소리가 〈아랑후에즈 협주곡〉이었다.

"에이씨, 진짜!" 진수가 짜증을 터뜨리며 전화를 끊으려고 했다.

"안 돼!" 해민이 손을 뻗으며 소리쳤다. "중간에 끊었다가 또 무슨 일이 벌어질 줄 알고?"

터무니없는 협박이었다. 하지만 진태와 진수는 몸이 바짝 굳어서 꿀꺽 침을 삼켰다. 그러고는 1분 남짓, 해민의 비웃음을 참아내며 16화음 〈아랑후에즈 협주곡〉을 감상했다.

27

드디어 세상은 진정 새로운 하루를 맞이했다. 그렇게 기다리던 2010년 8월 23일이었다. 그리고 그 하루는, 기적과 함께 왔다.

칠레 광부들의 생존 여부를 가늠하기 위해 688미터 땅속을 파고 들어갔던 드릴이 밖으로 꺼내 올려졌을 때, 그 끝에는 메모지 한 장이 매달려 있었다.

Estamos bien en el refugio los 33

우리 33인은 피난처에 잘 있습니다

"다시 한번 전해드립니다. 매몰 18일이 경과한 칠레 광부 서른세 명이 모두 생존해 있는 것으로 확인됐습니다. 세바스티안 피녜라 칠레 대통령은 생존 광부가 보내온 붉은색 메모지를 흔들며 '오늘 모든 칠레인들은 기쁨과 흥분에 눈물 흘리고 있다.'라고 감격에 겨워 말했습니다."

진태는 아내와 나란히 앉아 텔레비전 뉴스를 지켜보았다. 역시나 아내는 코를 훌쩍이며 눈물을 흘렸다. 무슨 말이든 해야 했는데 아무 말도 떠오르지 않았다. 그냥 크리넥스 한 장을 뽑아 아내 손에 쥐어주었다.

"고마워요." 아내가 말했다.

물론 이 순간 진태도 저들의 기뻐하는 모습에 진심으로 공감하고 있었다. 아내만큼의 경지에는 이르지 못했지만 더는 남의 일처럼 느껴지지 않았다. 뭐라도 보내 주고 싶다, 어디로 연락하면 되는 걸까, 조금 전 그는 그런 생각까지 했었다. 실패를 받아들이는 용기가 지극히 개인적인 깨달음인 줄로만 알았는데, 어느새 타인의 기쁨과 슬픔마저도 자연스럽게 받아들이도록 자신을 이끌고 있는 듯했다. 그러나 안타깝게도 함께 눈물을 흘리지는 못했다.

진태는 적지 않은 서운함 또한 느끼고 있었던 것이다. 그는 성인(聖人)이 아니기 때문이었다. 자신들이 해낸 일이, 아침에 눈 뜨자마자 날짜를 확인하고 뿌듯했던 기분이, 저들의 행복으로 한순간에 빛을 잃은 것만 같았다.

그리고 부질없이 이런 생각도 들었다. 왜 8월 4일로 돌아가지 않은 걸까? 왜 굳이 8월 5일이어야만 했을까? 그러면 상처를 남기지 않고 모든 걸 깨끗이 되돌릴 수 있었을 텐데……

그러면 지금 울고 있는 아내의 어깨를 꼭 감싸주어도 하나도
어색하지 않았을 텐데…….

28

9월의 어느 나른한 일요일 오후였다. 진수와 해민은 툇마루에 걸터앉아 마당을 내다보고 있었다. 꽃도 없는 화단에 나비 한 마리가 들어왔는데, 고양이가 아주 죽자고 쫓아다니고 있었다.

"오빠, 저 고양이 말이야"

"응."

"혹시 아빠의 환생이 아닐까?"

"이젠 환생이냐? 질리지도 않아?"

"이상해?"

"그럼 안 이상하냐? 쟤가 우리 집에 들어온 건 아부지 돌아가시기도 전이잖아."

"아빠는 그때 이미 돌아가신 거나 다름없었잖아. 몸만 간신히 버틸 뿐 영혼은 이미 빠져나가 있던 거지. 아빠는 YMCA로 간 게 아니라, 이 고양이한테로 쏙 들어왔던 거야."

"뭘들."

해민은 고양이를 향해 몸을 쭉 빼고 이렇게 불러보았다.

"아빠?"

아무 반응이 없었다. 해민이 무릎을 탁 쳤다.

"왜 그 생각을 못 했지? 오빠, 혹시 해피의 환생이 아닐까?"

"적당히 좀 해라. 개가 왜 고양이로 환생을 하냐?"

"해피야, 너야?"

고양이가 탁, 하던 짓을 멈췄다. 야옹.

"오오!" 둘은 동시에 얼어붙었다. "어찌 이런 일이!"

진수는 한 걸음 더 나아가 보기로 했다.

"형?"

고양이는 빤히 쳐다보기만 했다. 그래서 다르게 불러보
았다.

"누나?"

야옹.

"들었지! 응?"

해민이 격하게 고개를 끄덕였다.

말도 안 되는 일이라고 생각은 했지만 그들은 이미 더 말도
안 되는 일을 겪은 참이었다. 유산된 아기는 여자아이였고, 이
렇게 고양이가 되어 다시 가족들의 품으로 돌아온 것이었다.

그들은 이제 더 이상 삼남매가 아니었다. 사남매였다. 맏이

가 고양이라는 게 좀 그랬지만 그래서 뭐가 어떻다는 건가.

해민이 진수를 다그쳤다. "오빠 뭐 하고 있어? 얼른 참치 캔 하나 따가지고 와야지! 빨리빨리!"

칠레 광부 구출작전 동영상 중계방송

지구촌의 이목이 칠레 산호세 광산에 쏠려 있다. 칠레 정부는 불사조라는 뜻의 구출용 캡슐 '피닉스'를 이용한 매몰 광부 구조 작전에 들어갔다. 지하 700미터 갱도에 70일 가까이 갇혀 있는 광부들은 과연 무사히 돌아올 수 있을 것인가. 구조 현장은 극도의 기쁨과 근심이 교차하고 있다. 세바스티안 피녜라 칠레 대통령과 에보 모랄레스 볼리비아 대통령도 광부들을 맞기 위해 산호세 광산을 찾았다. CNN 등 세계의 주요 방송은 산호세 광부 구출 작업을 생중계하고 있다.

2010.10.13. 〈○○일보〉

칠레 광부들 전원 구출 성공

칠레 북부 산호세 광산에 갇혀 있던 광부 33명의 구조 작업이 매몰 지점에 투입됐던 구조대원의 철수를 끝으로 14일(이하 현지 시각) 완전히 마무리됐다.

칠레 당국은 13일 오후 9시 55분께 지하 700미터 갱도에 마지막까지 남아 있던 광부인 작업반장 루이스 우르수아(54)를 지상으로 무사히 끌어올렸다. 지난 12일 오후 11시 20분께 본격적으로 시작한 구조 작업은 당초 예상보다 빨리 진행됐고, 이로써 약 22시간 30여 분 만에 모든 광부들이 지상으로 올라왔다. 지난 8월 5일 광산 붕괴 사고로 광부들이 갇힌 지 69일 만이다.

2010.10.14. 〈○○뉴스〉

29

마루에 엎드린 진수는 왼손을 바지 속에 넣고 긁적긁적하다가 빼냈다. 지난여름부터 생긴 버릇이었다.

"내년에도 안 될라나?"

그는 수능시험 문제집을 채점하는 중이었다. 거진 다 오답이었다.

"차라리 찍는 게 낫겠네."

시간이 한 스무 번쯤 더 반복됐으면 좋았을 텐데, 그러면 몇 문제 더 맞힐 수 있을 텐데, 하는 아쉬운 마음이 들었다.

"유진수 씨!" 그때 대문 밖에서 누군가가 소리쳤다.

"잠깐만요!"

진수가 슬리퍼를 직직 끌고 나가 대문을 열자, 집배원이 핑크빛 편지 봉투 하나를 건넸다. "등기거든요? 여기 사인 좀 해 주세요."

그것은 헤르메스로부터 온 편지였다. 진수는 정신없이 봉투를 뜯고 그 자리에서 편지를 읽어나갔다. 엄청난 악필이었다. 연거푸 세 번이나 읽고 난 뒤에 진수가 이렇게 소리쳤다.

"아아, 씨팔! 세상이 왜 이렇게 아름다운 거야!"

*

같은 시각, 해민은 극장에서 만난 여자와 공원을 걷고 있었다. 서로 뭔가 하고 싶은 말을 못 하고 어색하게 타이밍만 재는 분위기였다.

해민이 탁, 멈춰 섰다. "뭐 하나 물어볼게요."

"네."

"아주아주 솔직하게 대답해야 돼요."

"네."

"양조위가 좋아요, 탕웨이가 좋아요?"

"탕웨이."

"진짜죠?"

"당연하죠."

"나중에 딴소리하면 정말 가만 안 둘 거예요!"

여자가 키득키득 웃으며 해민을 바라보았다. "해민 씨가 어떤 사람인지 자꾸 헷갈려요. 재밌는 사람이라는 건 잘 알지만."

"전요, 음…… 앞으로 실패를 밥 먹듯이 할 무모한 사람이 에요. 그래도 괜찮겠어요?"

대답 대신 여자가 해민의 손을 꼭 잡았다. 푸드덕, 공원의 참새들이 파란 하늘을 향해 날아올랐다.

*

그리고 또 같은 시각, 협의이혼 대기실에는 싸움과 욕설과 수치심과 침묵이 공존하고 있었다. 이혼이 무슨 죄라도 되는 것처럼 열 평 남짓한 공간에 수십 쌍이 몰아 넣어져 순서를 기다리고 있었다. 연옥이 있다면 아마 이런 모습일 터였다.

진태와 아내는 앉을 자리도 없어서 한쪽 벽에 등을 기대고 서 있었다. 앞으로의 삶에 대한 나름의 생각들과 과거에 대한 미련들이 어지럽게 교차할 줄 알았는데, 주위가 너무 산만해서 아무 생각도 할 수가 없었다. 절차를 위해 필요한 몇 마디를 빼고는 아내와 이렇다 할 대화도 나누지 못했다. 하지만 법원을 나서면서는, 비록 기운 없고 흐릿한 것이긴 해도 서로에게 아무 원망이 없는 미소를 지어 보일 수 있었다. 지금은 그것이 서로에게 해줄 수 있는 최선이었다.

이제 진태는 아내와 직장과 집과 아버지, 모든 걸 잃었다. 그러나 그는 후련하고 여유롭고 희망에 차 있었다. 물론 착각

272

이었다. 내일이면 곧장 나락으로 떨어질 터였다. 아버지의 대학 시절처럼 고난과 빈곤과 절망을 느끼게 될 터였다. 심지어 그때의 아버지보다 젊지도 않았다. 그야말로 최악이었다.

하지만 진태는 생각했다. 다 받아들이겠다고, 앞으로도 쭉 아내에게 미안해할 테고 때때로 가슴도 아프겠지만 꿋꿋하게 견뎌낼 거라고, 그리고 다시 희망을 품을 거라고, 그렇게 살아내다 보면 어쩌면 사랑도 다시 만날지 모른다고.

그러자 문득 어제의 일이 떠올랐다.

"모든 걸 확실히 깨달았어, 오빠."

용달차에 짐을 싣고 수원으로 갔을 때 해민이 짐 정리를 도우며 말했다. 자신들이 겪은 시간의 반복은 아버지의 애환 때문이 아니었다고 했다. 칠레 광부들 소식에 온 세계가 품은 안타까움 때문이었다고, 그런 안타까워하는 마음들이 모여 광부들이 살아 돌아올 때까지 시간을 되돌리고 또 되돌린 거라고 했다.

"우리가 몰랐을 뿐, 우주는 늘 그렇게 기적을 일으켜 왔던 거야. 그리고 우리끼리만 그런 시간의 반복을 의식하고 있었던 건, 그 기적에서 빚어진 작은 오류였던 거고. 어때? 정리가 깔끔하지?"

지난번에 진태가 깨달았던 것과는 정반대의 얘기였다. 하지만 이편이 훨씬 마음에 들었다. 그리고 이런 생각이 들었다. 우리 역시 마찬가지였다고. 그 칠레 광부들처럼 우리도 피난처에 있었던 거라고. 아버지라는 피난처에. 그러나 피난처란 영원의 안식처가 아니라 반드시 벗어나야 하는 곳이며, 현실을 인정하고서 그 어느 때보다 열렬히 새로운 삶을 희망해야 하는 곳이라고.

이제 이 집안의 가장으로서 그런 얘기를 근사하게 들려주려던 참에, 해민이 다시 말했다.

"그리고 또 하나 오빠가 꼭 알아둬야 할 게 있어."

"뭘?"

해민은 유산된 아기가 고양이로 환생했다고 했다. 자기들은 벌써부터 '누나', '언니'라고 부르고 있다면서. 진수까지 옆에서 역성을 들며 "형도 한번 불러봐. 누나, 해봐. 그러면 야옹, 하고 대답을 한다니까?" 자꾸 귀찮게 했다.

아아, 정말…… 앞으로 이것들하고 어떻게 같이 살지?

작가의 말

  작품을 쓰기 시작하고 한동안은 사실 이런 식의 이야기가 아니었습니다. 아버지의 진짜 옛 연인을 찾는 이야기, 각자의 문제로 심신이 피곤한 자식들이 꾸역꾸역 그 여자를 찾아내 아버지와 마주하게 하는 이야기, 그럼으로써 세상이 제자리를 되찾는 그다지 코믹하지도 말랑말랑하지도 않은 이야기였습니다.

  지인들의 반응은 몹시 별로였습니다. 왠지 모르게 불쾌한 얘기라고 평한 친구도 있었고, 한 친구는 "그래서 네가 하고 싶은 말이 뭔데?" 하며 시비를 걸기도 했습니다. 저는 이렇게 답했습니다. "인간의 욕망이란 철저히 개인적이라는 거야. 죽음 앞에서 느끼는 회한 역시 마찬가지고. 입으로는 가족을 위해서다 사회를 위해서다 희생을 운운하지만, 실제론 각자의 욕망을 좇는 것에 불과한 거지. 아버지는 아버지대로, 자식들은 자식들대로. 그게 현실 아닌가?" 역시 시큰둥한 반응이었습니다.

문제는 아버지의 러브스토리다, 저는 그렇게 판단했습니다. 대체 어떤 사랑이었기에 끝끝내 미련을 놓지 못하는 걸까? 그 애환이 설득력을 갖는다면 나머지 얘기도 자연스럽게 받아들여질 거라고 확신했습니다. 몇 달의 노력 끝에 그럴싸한 드라마가 만들어졌습니다. 고독과 애수로 버무려지고 피치 못할 오해가 이별을 불러오는 세법 가슴 아픈 러브스토리였습니다.

그런데 그즈음이었습니다. 제 머릿속에 문득 하나의 장면이 떠올랐습니다. 제 어머니의 모습이었습니다. 아버지가 돌아가실 때까지 어머니는 6개월 넘게 병실에서 먹고 자며 아버지의 곁을 지키셨습니다. 당시 제게는 그 모습이 전혀 당연해 보이지 않았습니다. 원래 두 분은 애틋함이 별로 없었습니다. 서로 못마땅한 표정을 짓고서 늘 냉랭한 분위기였습니다. 어머니는 왜 저렇게까지 하시는 걸까? 의무감일까? 저는 답답한 마음마저 들었었습니다. 간병인을 두라며 선뜻 돈을 보태지 못하는 제 곤궁한 처지에 화가 나서 더 그랬는지도 모르겠습니다.

그렇게 불편한 마음으로 병원을 들락거리다가 하루는 불쑥 본가로 향했습니다. 놀면 뭐 하나 이참에 유품이라도 미리 정리해 두자, 하는 생각으로 안방을 뒤적거렸는데, 책장 맨 밑

칸의 손잡이가 떨어져 나간 서랍 속에서 아버지의 일기장 다섯 권을 발견했습니다. 아버지와 어머니가 어떻게 만났는지, 함께 겪은 희로애락이 어떤 것들이었는지가 깨알같이 적혀 있었습니다. 그 감정들이 어찌나 절절한지 정말 깜짝 놀랄 정도였습니다. 아버지의 양주를 홀짝이며 밤새 그 일기장들을 읽고 난 이후로, 저는 어머니의 모습이 하나도 이상하지 않았습니다. 죽어가는 아버지 곁에서 삶은 고구마 껍질을 벗기고 계신 어머니의 평온한 모습에 저는 괜히 눈시울이 뜨거워졌습니다.

이 작품은 그렇게 완성되었습니다. 진실에 허구를 더하고 다시 거기에 웃음을 더해 애초의 뜻과는 거리가 먼 적잖이 감상적인 이야기로 바뀌었습니다. "처음에 얘기했던 그거 나쁘지 않았는데." 뒤늦게 무책임한 소리를 하는 친구도 있었고, 내용이 너무 순진한 것 같다며 고개를 갸웃거리는 친구도 있었습니다. "이제 와서 어쩌라고!" 저는 부러 짜증을 터뜨렸습니다. 하지만 속으로는 전혀 언짢은 기분이 아니었습니다. 단순히 좋고 나쁨의 문제였다면 그들의 조언을 따라 원래의 구상으로 되돌아갔을 테지만, 제가 생각하기에 이것은 마음의 문제였습니다. 작품이 이런 식의 이야기가 된 것에, 저는 마음이 놓였습니다. 이유는 모르겠습니다.

엉성한 초고가 나왔을 때 꼼꼼히 읽고 조언해 준 이지연 후배님과 고수경 선배님 부부에게 고마움을 전하고 싶습니다.

그리고 작품이 출간될 수 있도록 기회를 열어주신 안희주 피디님, 다양한 각도로 재고할 수 있게 넓은 혜안을 들려주신 김정은 에디터님, 보잘것없는 작가의 아둔한 고집을 묵묵히 감내해 주신 김보성 에디터님, 정말정말 진심으로 감사드립니다.

2023년 12월

이천우

우리는 피난처에 잘 있습니다

초판 1쇄 발행 2024년 1월 10일

지은이 이천우
펴낸이 안병현 김상훈
본부장 이승은 **총괄** 박동옥 **편집장** 박윤희
책임편집 김보성 **디자인** 용석재
마케팅 신대섭 배태욱 김수연 **제작** 조화연
2차 저작권 관리 안희주

펴낸곳 주식회사 교보문고
등록 제406-2008-000090호(2008년 12월 5일)
주소 경기도 파주시 문발로 249
대표전화 1544-1900 **주문** 02)3156-3665 **팩스** 0502)987-5725

ISBN 979-11-7061-072-4 (03810)
· 책값은 표지에 있습니다.